CONTENTS

勇者が、まさかこうして墜ちてしまうとはカジノノ王に

第一章	ストリップ・ポーカーゲーム	008
第二章	ベアリング	030
第三章	クラップスゲーム	085
第四章	ルーレット	114
第五章	ビッグファン	170
	ババヌキ	230
終章		291

THE BRAVE'S CASINO

勇者よ、カジノ王になってしまうとは情けない

倉田シンジ
挿絵／かん奈

あとみっく文庫

登場人物紹介

PROFILES

アリスティア＝ラス＝ベールセン

ベールセン王国の国営カジノを取り仕切る、才能豊かなお姫様。

ジル

勇者としての素質を認められ、魔王の復活に備えて旅をしている青年。

ソフィー

ジルとは同国の出身で、パーティーメンバーとしてついてきた少女。

ラウラ＝ラス＝ベールセン

ベールセン王国の君主。カジノのことは娘に任せている。

勇者よ、カジノ王になってしまうとは情けない

CHARACTER

序章　スケアカード

広々としたフロアを、魔法によって灯された様々な色の光源が照らしている。

その建物の内部は、ずいぶんと派手な空間になっていた。

絨毯や壁飾り、その他調度品の類《たぐい》もずいぶんお金がかかっているようだし、耳を澄ませばゆったりした音楽まで流れている。

それは魔法によるものらしい。音楽の演奏ごときに魔法使いを雇っているその一点だけ見てみても、ずいぶんとお金のかかった空間であることは確かだった。

が、やはり圧倒されるのは、その音楽を掻き消すような大勢の声、声、声。

そこにはたくさんの人間が詰めかけていて、雑多な話し声が混じりあって絶えることがない。笑い声や誰かを冷やかす口笛の音、あるいは怒りを含んだ投げやりな悲鳴まで。せっかくの音楽が圧倒的なざわめき声に掻き消されてしまっている。

その話し声は大別すれば二つに分けられる。

あちらで歓声が上がったかと思えば、こちらでは落胆の溜め息と後悔の恨み言。

要するに、勝ち組と負け組の二つだ。

つまりこの派手な空間は……いわゆるカジノと呼ばれる場所であった。

そんな場所でジルは、一風変わったテーブルに座り、手元に揃えたカードとにらめっこしている。

ジルは十代の後半。少年か青年かでいえば、まだまだ少年といったイメージに近い。

特に体格に優れているとか、目つきが鋭いとか、そういったこともないので、ごく平均的な少年だろう。だからギャンブルに手を出すのは少しばかり早いように見える。

それになにより、こう見えてジルは勇者だった。

つまり、魔物と戦い、魔王を倒すことを使命とする、あの勇者である。腰に剣を帯び、冒険者風の旅装に身を包んでいることからも、なんとなくそれが窺い知れるだろう。

それが今、とある事情でカジノに来ていた。

（ううう……。ドキドキする……！）

眉間にシワを寄せた少年の手元に、新たなカードが配られていく。

まだ裏返しになっているそれをつまむようにして、そーっとめくって……。

「きたあああぁぁっ！」

ジルは、勝ち組に分類される声を上げた。

「ねっ？　ねっ？　このカードがきたってことは、勝ちってことでいいんですよね？」

カードを見せびらかすように振り返った先には女の子がいた。

※

「はいはい、そうよ。この程度の小さな勝ちで、ずいぶんな喜びようね」

やや呆れたように、それでいてにこやかに応じたのは、腰までさらりと伸びる亜麻色髪が目を引く少女だ。薄い色合いの金髪にはわずかに赤みもあって、それが動くたびに色合いを変えるのがとても美しい。まるで人形のように整った容姿の少女だった。

年齢はジルよりも二歳年下らしく、こちらはまだまだ少女の年齢……であるはずなのに、ジルが敬語を使っているせいで、はたから見るとよくわからなくなっている。

服装も煌びやかで、アクセサリーも値段が張りそうなものばかり。黒を基調とした高級そうなコルセットドレスは、なんだか艶っぽささえも感じられるくらいだ。

しかし、よく見ればやはり年相応。ドレスの裾から大胆に覗いた足はすっと伸びやかで、胸の膨らみも控えめ、クセのない長髪もひらひらした服も全体的に洗練された印象なのに、体つきはまだ発展途上な印象だった。

美少女と言って間違いのない目鼻立ちだって、どこか高貴な気品を漂わせつつも、その笑顔は溌剌として少女らしい素直なものだった。

まあ……気品があるのは納得できるだろう。

なにしろ、少女の名はアリスティア＝ラス＝ベールセン。

このベールセン王国の王女なのだから。

「ほらほら、さっさとチップを受け取りなさい。ディーラーが困ってるじゃないの」

アリスティアに言われたジルが、通貨代わりにカジノ内で使われる丸いチップを慌てて手元に引き寄せる。

本来ならこのカードゲームは他の客と競うものらしいが、なにしろジルはカジノに来るのも初めてという初心者なので、今回はアリスティアの計らいでディーラーに相手をしてもらっている。つまりは練習試合のようなものだが、お金はちゃんと賭けているのだ。

つまり、ジルにとってこれが人生初のギャンブルであり、人生初の勝利であった。

「おおお……さっきの倍くらいに増えたよ。だよな？　ソフィー？」

「いえ、そこまでは増えてませんから。正確には一・六倍です」

浮かれたジルに冷静な答えを返したのは、その隣に座ったもう一人の少女だった。

ジルと同じように軽装鎧を身に着け、腰にも剣をぶら下げている。旅の荷物なのだろう、やや大きめの麻袋を足下に置き、しかし盗みを警戒してかその紐からは手を放さない。

その格好からも、隙のない所作からも、一見して戦士とわかる。

「ソフィーは細かいな……。ま、いいや、まずはギャンブルのルールを把握しないとな。この調子でじゃんじゃんいこう！」

「それはいいですけど……あんまり調子に乗らないでくださいね。嫌な予感がしますから」

ジトッとした横目でジルに釘を刺したソフィーは、ジルと同い年だ。

なのに、やや切れ長で理知的なイメージを持たせる眼差しや、身にまとう落ち着いた雰囲気から、アリスティアとは別のところでジルより年上に見えてしまう。

　黒く艶やかな長髪を後頭部できゅっと結わえた髪型なんて、いかにもしっかり者といった感じ。頼りなさそうなジルと比べると、何歳も年上に見える。

　そのわりにジルに対して丁寧な言葉遣いなのは、勇者に付き従ってきた唯一のパーティーメンバーだからだ。

　もっと言えば、ソフィーはジルと同国の出身で、この年齢で騎士として抜擢された才女だった。それが、数ヶ月前に勇者の旅立ちに随行することになって今に至っている。

　カジノなんていう、娯楽を代表するような場所においてさえ勇者ジルへの敬意を忘れない――いかにも元騎士らしい生真面目さだった。

「さ、次、次。ディーラーさん、よろしく」

「…………ふぅ」

　勇者と、その仲間の女戦士。

「次はもうちょっと大きな勝ちを見せてもらいたいわねー」

　そしてこの国の王女。

　よくわからないこの取りあわせでカジノに来ているのには、ちゃんとした理由がある。

　それは今から少しばかり前の出来事だった。

※

旅に出てしばらくした頃、勇者ジルは、とある噂を耳にした。

遥か遠くベールセン王国というところで貴重な宝物が発見されたらしい。ジルが興味を示したのは、その宝物というのが自分にとって特別だったからだ。

かつて、世界を救った勇者がいた。

その勇者は宿屋の店主から身を立て、様々な困難を排して魔王を倒したという。さらには二つの国の王女から求婚され、巨大な王国を統べる宿屋王にまでなった。

勇者が世に出るまでの出自はあやふやで、王妃についても二人説や四人説まで諸説あるが、とにかく伝説上の偉大な勇者だ。

発見されたのは、その勇者が使った、魔王に対抗できる希少な装備一式だったのだ。

故国の王様に見いだされ、魔王の復活に備えるべく旅に出た勇者ジルにとって、それは天啓ともいえる情報だった。

なにしろ、勇者装備というからには勇者が身に着けてこそ意味がある。これは自分が手に入れるべき運命なんじゃないだろうか、そう思った。

思って、ジルとソフィーの二人はベールセン王国まではるばるやってきて、勇者装備を譲ってもらうため、その所有者だという王様への謁見を申し入れたわけだが……。

「はあ？　カ、カジノにある……ですか？」

かしこまったジルは、玉座の前で思わず間抜けな声を出していた。

予想外のカジノという単語が、頭の中で勇者の装備と結びつかない。

「ソフィー、どういうこと？　なんで勇者の宝物がカジノにあるの？」

小声で聞いてみるも、

「……さあ？」

彼女もよくわからないらしく「？」を頭に浮かべていそうな表情。

こちらの困惑には気付かず、玉座に座った女性が言葉を続ける。

「そうなのです。希少な装備品なら人寄せにぴったりだからと言って……。その装備一式、今はカジノの目玉景品になっているのです」

聞いた言葉をよく噛み砕いて。飲み込んで。

「景品って⁉　希少な勇者装備を、なんで景品にしちゃってるんですか！」

「うふふ、普通はそう思いますわよね」

思わずつっこんでしまったけれど、相手はそんな無礼にも穏やかな表情。それどころか優しげに微笑んでいる。

ベールセン王国はラウラという名の女王を立てていた。外国から婿に入って王位を継いだ王様は、ずいぶん前に亡くなってしまったらしい。

それで彼女が王位を継いだらしいが、ずいぶんと若い女王様で、おそらくまだ三十代の半ばくらいだろう。

茶色のふわっとした髪はシニヨンにまとめて上品に。見る者の目を引き寄せるような美貌も、高貴さを示すように白い肌も、すべての要素が調和した美人だった。

それでいて女王と言うには優しすぎる眼差しと、その穏やかな口調。親しみに満ちた視線に見つめられると、彼女の高貴な立場を忘れてしまいそうになる。

苛烈な女王様タイプではなく、包容力溢れる慈愛の女王様タイプなのは一目でわかった。だから緊張して謁見に臨んだジルとしてはホッとしたのだけれど。

(なんでカジノ？　借金のカタに取られた……とか？)

ありそうな理由といえば、それくらいしか思い浮かばない。

確かに、この王都に入ってすぐ目についたのはカジノだった。

まだ昼間なのに人の流れが途切れないな一、儲けてるんだろうな一、なんてことを思いながら、この王宮への道を急いだのだ。

王族が浪費したり政策に失敗して豪商に借金する、なんて話はたまに聞くことがある。この国の場合は、あのカジノに借金をしているのでは。

となるとこの国、台所事情がヤバイ状態なのだろうか……。

それを失礼のないようにどう尋ねようかと思っていると。

「それは、そのカジノに装備品一式を譲渡してしまった、ということでしょうか？」

隣のソフィーが、そつのない、それでいてストレートな質問を飛ばしてくれる。

それで、ラウラ女王もこちらの疑問点に気付いたらしい。

「ああ、ここのカジノはね、わたくし達の国で運営しているのです。ほら、ここからも見えるでしょう？　あの大きなカジノは国で経営しているの」

謁見の間に開いた窓から大きな建物を眺め、ジルはようやく納得して頷いた。

「……なるほど、そういうことでしたか」

国がカジノ経営とは珍しいが、国や王族が商取引に出資すること自体は珍しくない。似たようなものだろう。

「そこの景品にしてしまっているから手元にないというだけで、手放したわけではないの。あなたが勇者殿だということに間違いはなさそうだし、わたくし達が持っているより役に立つだろうし……譲っても構わないのですけれど……それで納得するかしら」

女王はそこで考え込んでしまった。

（なんだろう。女王様ってわりに、さっきから妙に他人事な感じだな……）

言葉の端々に違和感がある。

出身国の王様から紹介状の類も持たされているから、ジルが勇者であるということは信じてもらえているようだ。

なのに他にも気がかりなことがありそうな口ぶり……。国のトップなら独断で決めてしまってもよさそうな気がするのに。

「やはり勇者殿がそこまで欲しいと言うなら……でも言い訳はどうしようかしら……」

独り言からするともう一歩な感じなのに、なんだか煮えきらない。

とにかくこちらとしては女王様の判断に委ねるしかない。お金を要求されても困るけれど、それ以外の交換条件になら乗ったっていいのだ。

(たとえば「オーブを六個集めてこい」とか「不思議な感じの石版を探してこい」とか……。おお、そういうのっていかにも勇者の冒険っぽいじゃないか!)

楽しい妄想がどんどん広がり、冒険を終えたジルが凱旋して女王様にお褒めの言葉をいただいているシーンまでいったところで。

その妄想に突然の声が割って入った。

「お母様! 聞きましたよ!」

謁見の間の扉がバーン! と開かれ、一人の少女が足音も荒々しく入ってきた。

そして、玉座の左右に控えていた重臣らしき人達や侍女の皆さん方が、一斉に「あちゃー」といった顔になりながらも礼儀正しく一礼。

(女王様の……子供? 王女様?)

女王に向かって「お母様」などと言うからにはそうなのだろう。ラウラ女王がずいぶん若く見えるのもあって、あまりピンとこない。

ただ、赤みを帯びたその瞳も、整った顔立ちも、女王様となんとなく似ている。高貴な白い肌もそっくり。その眼差しは母親と比べるとずいぶんキツイけれど、美少女であることにはかわりない。女王様とは違う意味で目を引き寄せられる少女だった。

「まったくお母様ったら！」

（んんん？　なんだ？）

よくわからないが、彼女は怒っていてなんとなくまずい雰囲気。

「あらまあアリスティア。どうしたの？　そんなに急いで」

しかもそれに応じたラウラ女王様は、あからさまにすっとぼけた声色だった。

「例の勇者装備を奪いにきた者がいるそうじゃないですか！　なんでわたしを呼んでくださらないんです!?」

「あの、奪いにきたんじゃなくて譲ってもらえないかと……」

「冗談じゃありませんわ！」

その少女の剣幕にはね飛ばされ、ジルの控えめな声と存在は無視されていた。

「だってアリスティアを呼んだら話がややこしくなっちゃうでしょう？　どうせ反対意見しか言わなそうですし……こういうことは女王がきちんと判断しないと」

「ウソですね！　お母様のことだから、『勇者との謁見なんて、いかにも女王様っぽくってステキだわ』なんて思ってたんじゃないですか!?　どうせエセ勇者ですよそんなの！」

「あの、エセじゃなくてちゃんとした勇者で……」

また無視。

「ちちち、違うわよ？　わたくしだってちゃんといろいろ考えて……」

「それ以前に、カジノに関することはわたしに任せてくれるお約束でしょう⁉」

つい口を挟まずにはいられなかったジルの言葉はことごとく無視され、女王様は女王様とも思えぬ狼狽ぶり。さっきまでの口調はかろうじて女王のものだったのに、今はすっかり砕けてしまっている。それがよいことなのかどうかはさておき、はたから見ている分には、やはりものすごく親しみやすい女王様だ。

それからしばらくは愚痴の言いあいのような状態になってしまったが、ようやく二人は落ち着いてきたらしい。女王様がコホンと咳払いした。

「とにかく、確かにこの方は勇者で間違いないのよ？　だからあの装備品も、わたくし達が持っているよりは……」

「あーはいはい。勇者が本物かどうかなんてどうでもいいですから！」

と言いながら、キッ！　とこちらを向くアリスティアという少女。ジルは跪《ひざまず》いた格好のまま、そちらに向かってぺこりと頭を下げた。

（うん、間違いない。これは「お転婆」ってやつだな……）

面倒なことになりそうな予感がした。

「で、あなたが勇者……？　へぇ、ふーん……意外と若いのね」

と、年下らしき少女に言われて値踏みするように眺め回された。

……のは、ジルではなく、ソフィーだ。

「あの、違います。私は一緒に旅をしているソフィーと申します。勇者殿はこちらです」

いつも冷静沈着で分を弁《わきま》えた言動を取るソフィーが「ぷっ」と噴き出しそうに口元を押さえながらフォローしてくれたが、

（余計に落ち込まざるをえない……）

もう帰りたくなってきた。

「……え？　そうなの？　あなたの方が勇者っぽくない？　大人っぽいし、強そうだし、綺麗でよっぽど華があるじゃない」

どうやら悪意はないようだが、この王女様、ズバズバ踏み込んでくる。

「いえ、俺が勇者です……いちおう……ですけれど……。ジルっていいます……」

もはやジルはそれ以上の声を出す元気がなくなってしまったので、代わりにソフィーが必要な言葉を続けてくれた。

「装備一式を私どもにいただきたい、という願いはさすがに図々しいと理解しております。ですからせめて、しばらくお貸しいただく、という形でお許しいただけないでしょうか？」

さすがはソフィー。さっきの会話から女王と王女の力関係をちゃんと理解したらしい。

下手に出つつも押さえるところは押さえた妥協案で先手を打った。

……が。

「貸して返ってくる保証がないわ。却下よ」

考え込むこともなくあっさり却下されてさすがにムッとしたらしい。ソフィーの「なんなのこの子は！」という心の声が聞こえた気がした。

(仕方ない。やはりここは勇者である俺が)

「あの……でも、勇者装備は魔王にとっては脅威ですから、この国が魔物達に狙われたりすることもあると思うんです。だから……」

と、訴えてみた。心の中の声とは裏腹に自信のなさそうな声しか出なかったが。

「だから勇者に持たせておいた方がいいと？　都合のいいこじつけにしか思えないわね」

「で、でも……この世界を救ってくれたかつての勇者の装備をカジノの景品にしてるってのも、罰当たりというか……」

「価値観の違いね」

「ぐぐ……」

頑張って主張したのに、ジルもあっさり切り捨てられてしまった。

「状況がわかってないみたいだから最初から説明してあげる。まず、あのカジノはこの国で運営してるけど、実質的なオーナーはわたしなの」

と言って喋り始めたアリスティア王女の説明によると……。

元々そんなに豊かではなかったこの国は、先王が亡くなってから力を失い、財政赤字が続いていたらしい。

それが変わったのが数年前。王位継承権を得られる年齢に達したアリスティアが国政に参加するようになり、その先導でカジノの国有化がなされたのがきっかけだったようだ。

この王女様は経営の才に恵まれていたようで、カジノを大きくして国庫の収入を増やし、周辺事業も拡大して税収を安定させて……といった具合に財政赤字をあっという間に克服してしまったらしい。

だから今現在も収入の中核であるカジノにはアリスティアが直接オーナーとして関わっているし、人寄せに勇者装備を景品にしているのもちゃんとした理由があってのこと、というわけだった。

まあ、女王様が緩いくらいに穏やかな性格をしている分、それを支えようとして王女様が頑張った、という美談にも聞こえる。

が、実際のところはもっと現実的な話で。要するにこのアリスティア王女は、金品に関してはものすごくシビアなのだった。

「というわけで、わたしにとっては勇者がどうこうよりも、現実的に国民を豊かにしてくれるカジノの方が大事なの。その収益に貢献してくれる、あの勇者装備もね」

どうあっても譲る気はない、ということか。

「で、でも……俺は」

しかしこっちだって諦めるわけにはいかない。

「俺は、勇者として魔王復活に備えなければいけません。そのために、この国にある勇者装備は必須だと考えています」

ここ数年、魔物の活動が活発になってきている。魔王復活の噂も絶えない。勇者である自分はそれに備えなければならないのだ。……というのが大義名分。

半分は「勇者装備欲しいよー！」という本音があるものの、まあそれはこの際、目を瞑ってもらおう。

「なんとかならないでしょうか？　俺はお金なんてたいして用意できませんから、きっと王女様の役には立たないと思います。でも、それ以外のことならなんでもします」

ジルの真っ直ぐな訴えに、王女様はわずかに眉を揺らして意外そうな顔を浮かべた。「あら、見た目と違って勇者みたいなこと言うのね、この人」とか思っていそう。

必死に食い下がるジルにソフィーが助け船を出してくれた。

「私からもお願い申し上げます。どうかご再考いただけないでしょうか？　魔王の復活が近い、などという噂も昨今では巷に流れていますし、私どもに装備を預けていただくことは、将来のこの国を守るためでもあるのです」

なかなか筋の通った説得だが、起こるかどうかわからない魔王の災厄よりもこの国の財政の方がよっぽど現実的で、そちらを重視している王女にはやはり通じそうもない。

（くそう、なにか他の手はないかな……。せめて他の妥協案を出さないと）

ジルが必死に頭をひねっていると、他方面からも助け船がやってきた。

「まったく……アリスティアは厳しすぎなのです。勇者殿だって、タダで譲れと言っているわけではないのですから。あなたも少しは譲歩したらどうです？　ね？」

ラウラ女王が言い聞かせるように後押ししてくれたおかげだろうか、アリスティア姫は「えぇー？・」と不満げながらも、今度は少し考え込んでくれた。

さすがは母親、おっとりしているようでなかなか頼りになる。

そのおかげか、俯いて考え込んだ数十秒の沈黙を挟んで「あっ」と言わんばかりの顔でアリスティア王女が顔を上げた。

「いいことを思いつきました。勝負しましょう」

いきなりそんなことを言い出した。どういうことだろう。

「……えっと、王女様とですか？　なんの勝負を？」

「わたしとじゃなくて、あなたがカジノで勝負するの。言い忘れていたけど、わたし、ギャンブルが好きなのよね。ふふっ、いかにもカジノ王国の王女様、って感じでしょう？」

「……はあ」

「だから、この事案はギャンブルで決めましょう。あの勇者装備、剣と鎧がそれぞれチップ三千枚で、盾が二千枚、兜が千枚くらい……他の細かい装備品も含めて全部で一万枚は必要な特別景品なんだけど、それをセットで三千枚までまけてあげる」

つまり、カジノの景品なんだから欲しければ自分で手に入れろということか。

「もし三千枚がムリだと思ったなら、剣や兜を個別に交換する、なんて手もあるわよ？　兜が五百枚、盾なら千五百枚、って感じでどうかしら。そのへんの駆け引きも込みで、確かにわたしとの勝負ともいえるわね」

「あら、それならいいわね。勇者殿にもチャンスがあるもの」

「でしょー？　期限は三日くらいでいいかしらね」

母子で盛り上がっているところを見ると、親子でギャンブル好きなんだろうか。

(でも、三千枚ってすごく大変なんじゃ……？)

ジルにはギャンブルの経験もなければカジノに入ったこともない。

なので三千枚と言われてもピンとこないが、十枚や百枚じゃない。千枚だ。千の桁となると、なんとなく大変そうなイメージがある。

「ジル……！　ジル……！」

横からこそこそとソフィーが囁いてくる。

「私、カジノはよくわかりませんけど、三千枚なんてすぐにためられるものなんですか？　なんだか嫌な予感がするんですけど」

「それは俺もわからないけど……」

「やめた方がいいです。失敗したら、交渉すらしてもらえなくなりそうな気がします！」

確かにソフィーの言う通り、これに失敗したら「わたしはもう譲歩してあげたじゃない！」なんて言われて二度と話を聞いてもらえなくなりそうな気がする。

だが、本来は一万枚必要なところを三千枚に、という条件がかなり大幅な譲歩であることも間違いない。これがチャンスであることは疑いようがないだろう。

「あの、三千枚をためるのってどれくらい大変なんですか？　もしかして、実は不可能なレベルのことだったり……？」

返事の前に、それとなーく王女様に聞いてみる。

「そんなことないわよ？　わたしが試しに遊んでみた時の話だけど、三日で一万枚ためたことがあるもの」

「おお！　それならいけそうな気がする……！」

「でしょう？　ギャンブルで決めるならわたしも後腐れがないから、これがベストね」

なんとなくいけそうな気がしてきた。

（いける、これはいけるぞ！　なにしろ俺は勇者、しかも……）

ジルには秘策があった。

王女様は知らないのだ。なぜ自分が勇者として認められることになったか。なぜ剣の腕ならソフィーにも劣るような自分が、勇者としてやってこられたか。その理由を。

どうやら王女様の口ぶりからすると、調子さえよければ三千枚は現実的なラインのようだ。しかも自分には奥の手もある。

「くくく……こりゃ一日で達成しちゃうかなー」

「あの、ジル？　もしかして……あの能力があるから大丈夫とか、そんなことを考えていますか？」

「お、さすがにソフィーは気付いたか。自分で言うのもなんだけど、失敗する気がしない」

「でも、今までギャンブルなんてしたことないですよね？　それにあの能力、いざという時にしか発動しませんし……」

「いや、ここは文字通りの勝負所だよ！　やるしかないって！」

間違いない。自分にとってよい風が吹いてきているのだ。

「じゃあ……。えーっと、ジルって言ったかしら？　そういうことでいいわね？」

「はい、それでいいです！」

お姫様の問いかけに手を挙げて元気よく答え、トントン拍子に話は決まっていく。

ただ、カジノのギャンブルといってもルーレットからカードゲームまでいろいろある。

カジノが初めてのジルにはルールがわからないので、そこはアリスティア王女がついて教えてくれることになった。

「さ、いきましょうか。ちょうどカジノもかき入れ時だしね、盛り上がるわよ～?」

「いやあ、ははは。王女様、俺、盛り上げちゃいますよ～?」

　そんなわけで、「わたくしも見に行きたいのに、よくわからない書類にサインをするお仕事が残ってるのよぅー」と愚痴をこぼす女王様に見送られて、ニコニコしたアリスティア王女と、同じくニコニコした勇者ジルと、一抹の不安を感じているソフィーの三人は、夕暮れのカジノへと向かったのだった。

第一章　ドローイングデッド

「おっ、また来た！　これは……ツーペア、ってことでいいんでしたっけ？」

「そうね、相手の手がワンペアだからあなたの勝ち」

ついさっき人生初のポーカーで勝利を得て、これで二度目。

ジルはニマニマとした笑いを浮かべながら、増えていくチップを眺めた。

このカジノでは最初にお金とカジノ内で使うチップを交換する。この丸いチップには魔法がかけられているそうで、偽造したり他人のものを盗んだりできないようになってるんだそうだ。いわば実際の通貨と同じだけの価値がある。

それがじわじわと増えていく。

ジルは最初、路銀で言えば一ヶ月は旅を続けられるだけの金額をチップに変えた。パーティーの財布……というかジルの財布の紐を握るソフィーはこのギャンブル勝負を不安に思っているようで、「最初はもっと少額で」なんて言っていたけれど、これで正解だった。

なにしろ、大雑把に見ても元の二倍まで増えている。

「ふふん……！」

「どうだ」と言わんばかりに隣のソフィーを見る。

「………」

首筋に流したポニーテールの黒髪を指に絡めながら、なにやらじっと考え事をしていた。

「ん？　どうかした？　まだ不満なわけ？」

元騎士でお堅いソフィーのことだから、てっきり、ギャンブル勝負を受けたことにまだ不満を募らせているのかと思ったのだけれど。そうではなかった。

「いえ、もうそれはいいです。ジルが調子に乗ったら痛い目を見るまで反省しないのは理解してますから」

「なにもそんな言い方しなくてもいいのに……」

なにしろソフィーとは付き合いが長い。郷里が一緒で住んでいた地区も一緒、それで年齢も一緒だから、なにかと顔を合わせることが多かった。

向こうは零落したとはいえ代々騎士の家系で、こっちはしがない家具職人の家という違いはあったけれど、剣術教室でも一緒だったし、幼馴染みと言ってもいいくらいだ。こっちの性格はお見通しということらしい。

「で、なに考えてたの？」

「今の勝負は勝ち目が薄かったのに、よく勝てたなー、と思って……。あ、いえ、なんとなくそう見えただけですけれど」

ソフィーはたまに地が出て口調が崩れる。というか、旅に出るまではずっとそんな気安い口調だった。勇者ジルのお伴に選ばれたということで、元騎士としては敬意を払って丁寧に接してくれるようになったのだ。

(ほんとは、むずがゆいからやめてほしいんだけどな……)

何度かやめろと言ったが聞いてくれない。彼女のお堅い、というか頑固なところはこっちとしても知り尽くしているので、もう諦めた。

「あら、そっちの彼女はよくわかってるじゃない。わたしも、もしさっきの手札だったら最初に降りてるわね」

「え？　え？」

ソフィーとはジルを挟んで逆側の席に腰を下ろしたアリスティア王女が、うんうんと頷きながら話に入ってくる。なんだか楽しそうだ。

「な、なぜですか？」

「あら、わからない？　ぜんぜん？」

と馬鹿にしたように言いながら払った金色の髪が、ふわっと広がってストロベリーブロンドの輝きを帯びた。それがいちいち絵になる美少女なのがなんだか悔しい。

「自分にどのカードがくるかなんてわからないじゃないですか。結局は運勝負ですよね？」

「あなた人の話聞いてた？　最初に説明したでしょ。カードにも強いのと弱いのがあって、同じ役が出来上がった場合は強いカードで役を作った方が勝つって」

ああ、確かにそんなことを言っていたけれど。

「さっきジルに配られたカードは、強さで言ったら弱いものばかりでした。だから、よっぽど強い役が狙える場合以外なら、勝負を降りた方が得策です」

ソフィーが補足して、またアリスティアが頷く。

「そうね。運良くツーペアに持っていけたからいいものの、最初の手札からしたら普通はワンペア止まりよ。それでカードの種類まで弱いんじゃ、勝ち目が薄すぎるもの」

「はぁ……そうですか」

「まして、普段ならポーカーは他の客との勝負よ。相手が一人の今はともかく、何人もの客と役を競わなきゃいけないんだから、時には退くことも大事なわけ」

なんとなく理解はできたけれど、いい気分に水を差されたようで悔しい。

「でもいざという時には……俺は負けることはないし～」

「……ジル」

ソフィーにつっこまれてハッとした。

そうだった。自分が持つ勇者としての能力は、アリスティア王女は知らないんだった。

「……どうかした？　あ、ほら、次のカードが配られるわよ。次はちゃんと考えて勝負しなさいよね」

頬杖をついてこちらの手札を覗き込んでくる王女様は、相変わらずニコニコして楽しそう。本当に賭け事が好きらしい。

さっきはちょっとキツイ言葉で指南してきたわりに、ジルにギャンブルのルールを教えることと自体も楽しんでいるように見えた。

(ま、ルールをしっかりおぼえないと勝てる勝負も勝てないしな)

そのためにはまだ経験を積まなければ。気を取り直して次の勝負だ。

「えーと……。あれ？　このカードって……」

伏せて配られた数枚のカードを手元で広げて、ジルは首をひねった。

なんというか……並んだカードの数字が妙に気持ちいい。

「…………」

ソフィーは特に感慨もなくそれを覗き見て無言のまま。

「ずいぶんツイてるわね……つまらないわ」

そしてアリスティア王女はというと、端整な顔が眉間にシワを寄せた不機嫌顔に。

そう、ジルに配られたカードはすでに役が出来上がっていた。

「フルハウス、でしたっけ？」

「そうよ」

と、ぶっきらぼうに王女。なぜか不機嫌そうだが……。

「まったく、運だけで勝てたらつまらないじゃない。ギャンブルってものは、知識に基づいた技術と運とが両立してないと楽しくないものなの」

「はあ……」

いまいちピンとこないが、少なくともこのお姫様はそうらしい。

「でもまあ、そうね。ビギナーズラックがあるうちに勝っておくといいわ。運だけで勝つなんてこと、そうそう続かないんだから」

「あっ……！」

ぐい、と腕を引っぱられて立たされた。まだ勝負の途中なのに。

「それはもうあなたの勝ちみたいなものでしょ。さ、次のにいくわよ！」

「ちょちょ、ちょっと待ってください！　ようやくルールをおぼえたのに」

「なに言ってるの。このカジノのギャンブルは他にもまだまだ種類があるんだから、さっさと他も回らないと夜が明けちゃうわよ！」

苦笑いのディーラーが差し出してくれたチップをかき集めたジルが、腕を引っぱられてずるずると引きずられていく。

「ふぅ……ホントに大丈夫かな？　なんだか嫌な予感が……」

小さく溜め息をつき、誰にも聞こえないように呟いたソフィーも、そんな二人を追って席を立ったのだった。

※

だが、ソフィーの予感は当たらなかったようだ。

「うぉっ!?　またきちゃった？」

くるくると回るルーレット台にかぶりついたジルが奇声めいた歓声を上げる。

自分が賭けた数字に向かってコロコロ転がっていく玉が、狙い過たずそこに入る。

「よし！　よしよし！」

と同時に拳を突き上げたジル。その眼前には、賭けた枚数の数倍になったチップが押し出されてくる。

「……ホントにツイてるわね……ビギナーズラックも大概にしなさい」

アリスティアがむーっと頬を膨らませていたが、上機嫌のジルは気にしない。

「そんなこと言われても……いやぁ～ははっ」

「ふぅ……」

ソフィーも溜め息までついてなにか心配しているようだが、気にしない。

というか、ソフィーだってルーレットの前にやったハイアンドローでは大活躍だった。

持ち前の冷静な判断力で確率を計算し、常に勝ち目の多い方に賭けるやり方は、地味なようでいて実に堅実。大きな勝負に出ない代わりに大きく負けることもなく、勝ちを地道に積み重ねていくやり方はジルでは真似できない。

そして、そんな具合に調子よくなっていたところにルーレットでの大勝である。

チップを前にしてニマニマした頬の緩みが止まらない。

「あのねぇ、いくらルーレットは運の要素が強いといっても、勝つための計算は必要なのよ。さっきも説明したけれど……」

「でも、いくら知識があっても運がないと役に立ちませんよね？　まあ、運があるならそれでいいじゃないですか〜」

「む……！　ナマイキ！　なんだかあなた、ナマイキよっ!?」

ついつい反論してしまって頬を膨らませたアリスティア王女に睨まれるが、気が大きくなっているジルにはちっとも効かない。

「ジル……相手は王女様なんですから、ちゃんと敬意を持って接してください……！」

こそっと耳打ちしてきたソフィーの諫言《かんげん》も耳に入らない。

（ま、確かにこれはビギナーズラックってやつなんだろうけどね）

なにしろ自分の特殊能力は……もっと追い詰められた時にしか発揮できない。

（なんたって、幸運の勇者だもんなぁ……）

実は、ジルがこの勝負を受けたのにはそんな理由があった。

勇者ジルは、「幸運」の特殊能力を持っているのである。

たとえば、運悪く迷い込んだ森で魔物の縄張りに突入してしまったことがある。

凶暴な魔物達はそれまで相手をしたことがないほど手強い相手で、ソフィーなどは青い顔をしていたし、ジルだって「これはマズイ」とシリアスにならざるを得なかった。

逃げ場がなく、追い詰められ、これはもうダメかと思った瞬間。前日から降り続いていた雨で地盤が緩んでいたのか、土砂崩れが起こった。

そのおかげで、生死の境まで追い詰められていたはずのジル達は助かり、魔物達は押し流されて全滅。

——なんてのがいい例だが、のみならず、そういったことが何度も続くのだ。

普段はパッとしないジルは、剣の腕だってそんなにたいしたものではない。人並みの幸運に恵まれて喜ぶこともあれば、人並みの不運に見舞われてしょんぼりもする。

ただ、危機に陥った場合だけは例外だ。

そういった場合には必ずなにかしらの幸運が起こった。それが命に関わるようなことであったなら、それは奇跡と呼んでもいいくらいの幸運になる。

そんな能力を持っていることが判明したからこそ、王様に勇者として認められた。

だからもしこの勝負に負けて、負けて負けて負けまくって、破産しそうな危機に陥っても……むしろ敗色が濃厚になればなるほど、絶対にそうはならないという自信があった。

ある意味イカサマな能力だ。

(もっとも、そんな能力がなくても今日はずいぶんとツイてるけど)

だからこそ楽しい。アリスティア王女の方から言い出した勝負とはいえ、そんな特殊な能力を使って勝ったのではさすがに後ろめたさはぬぐえないから、楽しくて仕方ない。

「この調子ならチップ三千枚なんてすぐにたまっちゃいそうだなぁ……ふふふっ」

気味の悪い笑みを浮かべるジルだが、そこで自分の言葉にふと気付いた。

「そういえば、今、何枚くらいたまってるの？」

いくらツイているとはいえ、負けて枚数が減ることだってあるし、増減が何度も繰り返されると自分がどれくらいチップをためているのか把握できない。

そもそも百枚を超えたあたりから、ジルにとっては数えるのが面倒くさいのだ。感覚的にはそれなりにたまっていそうだけれど……。

「えーと……今、九百八十枚ですね」

それにあっさり答えるソフィー。計算能力というか、その管理能力には舌を巻く。そして、彼女が口にしたその枚数にも。

「もうそんなに⁉　意外とすぐにたまっちゃうもんだな～。もう三分の一近くたまったんなら、明日には達成しちゃいそうな感じじゃないか」

今日が初日であることを考えれば、すでに三分の一というのは充分な勢いだった。

……が、なぜかソフィーが眉を顰める。そして横合いからも、

「それは違うわよ？」

なぜかお姫様からのツッコミが。

「んんん？　なにが違うんです？」

「だから、三分の一じゃないわよ？　そのチップ、一番額が低いチップだから」

「…………」

ちょっと待て。なんだそれは。

「いや、よくわからないんですけど……」

「いーっちばん最初、お金をチップに交換する時に言ったでしょ？　チップには五種類あって、装備と交換するには一番高価なチップで三千枚必要よ、って」

「……そだっけ？」

ソフィーに確認。

今度はそちらからも冷ややかな視線が飛んできた。

「そうですよ」

「もしそのチップのまま交換するつもりなら、三万枚必要な計算になるわよ？　ほら、これが一番高額なチップ」

そう言って差し出したアリスティアの手の平には、100という数字の書かれた黒い縁取りのチップが。一方、こちらの手元にあるチップは黄色の縁取りで10の文字。

つまり、高価なチップの十分の一の価値しかないのか、こっちのチップは。

「……いや、いやいやいやいや！　こんなに勝ちまくったのに？　それで千枚くらいしか勝ててないのに？　そんなの三万枚もたまるはずないじゃないですか！」

「それは賭け率が……レートが低いからよ。最初はルールをおぼえるために低いレートで勝負したいって、自分で言ったんじゃない」

（あ、それは言ったおぼえがある……）

なんだか変な汗が流れてきた。

「ま、まあ、王女様だって三日で一万枚ためたっておっしゃってましたよね？　残り二日あれば三千枚くらいは大丈夫ですよね？」

「それはもちろんよ、高レートの勝負が必須だけどね。だいたい、実現不可能な条件の勝負なんてフェアじゃないでしょ」

その言葉に、ほっと胸を撫で下ろすジルだが。

「でも、わたし以外にそんなに稼げる人って見たことがないから、少しは頑張らないとね」

「……ん？　それはどういう……？」

「あ、言ってなかった？　わたしってギャンブルが好きだけど、それだけじゃなくてすごく強いのよね」

「はあ」とイマイチよくわかっていない相づちを打つジル。

「わたしを除外すればの話だけど、確か、今までこのカジノで一番勝てた人は一日に千枚くらい稼いだんじゃなかったかしら。高額チップ換算でね」

「ん……？　んんんっ？　一日に千枚？　それが最高記録？」

今自分の手元にあるのは高額チップ換算で百枚程度。残り二千九百枚を二日でためなきゃいけないわけで、ということは……。

「それって普通に考えたら、ムリなんじゃ……？」

「そんなことないって言ってるじゃない」

アリスティア王女はそう言っているが、どう考えてもムリだ。さっきまでの勢いはどこへやら、もう勝てる気がしない。

「高額レートの勝負だとプレッシャーも大きくなるから、いつもとは勝手が違ってきたりするのよ？　それが面白いところなんだけどね♪」

なんて言いながら、アリスティアはにこっと邪気のない笑み。ちょっと小首を傾げて綺麗な髪を頬に流すあたり、一見すれば天使のような微笑みなのに。

「くっ……」

こっちが落ち込んでるのに、なんとも楽しそうに講釈をたれてくれるじゃないか。

「こ、こんなの詐欺だ……。まともにやったら三日でたまるはずがない」

「む……詐欺呼ばわりとは失礼ね。大きな勝負をすれば充分に実現可能なレベルよ。もちろん運も腕前も必要だけど……」

「それってアレだろ？　ちゃんと理解してる人間が何日もカジノに通って、ものすごく運がいい日が何日か続いてようやく達成できるかも、って感じだろ？　そんな条件を初心者に求めるなんてやっぱ詐欺だ！」

もはや敬語を使う余裕もなく、ジルはバーンと椅子を蹴って立ち上がった。

それをムッとした王女様が見上げ、こちらもバーン！　と椅子を蹴って背伸び。ジルを睨みつける。

「あったまきた！　誰でも達成できるような額じゃ勝負にならないじゃない！　そもそも、この条件だって大幅に譲歩してあげたんだからね！」

「むむむ……」

ビシッと指先を突きつけての王女の言葉に反論できない。

睨みあっていると、ソフィーが口を挟んできた。

「ジル、私の意見を言わせてもらえば、今日はこれで充分だと思います。ひと息に三千枚ためなくても、まずは兜だけでも手に入れることを目標にして……他は後日でも」

「後日って、それって元々の交換レートでチップをためろってこと？　装備全部で高額チップが一万枚必要な条件で？」

「いえ、その場合は兜の分が引かれて八千枚です」

「ぐあっ！　的確な指摘どうもありがとう！　っていうかそんなの嫌だ！　最初に兜だけ手に入れても格好つかないし！　まずは剣か鎧が欲しいし！　じゃなきゃせめて盾！」

一度「意外と簡単に手に入りそうだ！」なんて喜んでしまったせいで、なんだかもうあとに引けない。引きたくない。

そこで王女様が、ふふん、と鼻を鳴らす。

「そうねー。勇者の盾の裏側にある握るところだけなら、チップ百枚くらいにまけてあげてもいいわよ？」

「いらないし！　扱いに困るし！」

挑発的な言葉を向けてくるアリスティア王女とまた睨みあい、バチバチと火花を散らす。

（こうなったら……もうなりふり構ってられない！）

ジルは覚悟を完了した。

「決めた！　もう決めたからな！　今からでも高レートに変えて、賭けて賭けて賭けまくってやる！」

と、お姫様にはよくわからないやる気を出し始める。

その様子から、彼が考えていることを察したソフィーは溜め息をひとつこぼした。

「……嫌な予感しかしません」

「そんなことない！」

（そうだ。どうせ大負けしたっていいんだ！　そうすればきっとでかい幸運が訪れる！）

ついさっきは「勇者の能力を使って勝つのは後ろめたい」なんてことも思っていたジル

だが、そんな良心は吹き飛んでしまった。

「…………へぇ、そぉ」

ジルを見つめていたアリスティア王女がますます頬を緩め、またしても挑発するような口調で口を開く。

「それなら、わたしと一対一で勝負する？　あまりにも大きな勝負はカジノ側としては認めるべきではないんだけど、オーナー特権でわたしが受けてあげてもいいわよ？」

「よしきた！　それでいこう！　こっちは全財産を賭けてやる！」

ジルはまさに二つ返事で了承した。

※

（おかしい……）

額を流れる汗をぬぐうこともせず、ジルの目は眼下のカジノテーブルに向かっている。

ここはカジノ内にある小さな特別室。そこにあったのはブラックジャックのテーブルで、ジルは今その座席に腰を下ろしている。

テーブルの向かいには慣れた様子のアリスティア姫が頬杖をついて座っていた。

その他には、駆り出されてきたディーラーのお姉さんと、自分の後ろに立つソフィーしかいない。

喧噪に包まれていたさっきまでの空間と違い、ここは静かで、そして今は息苦しい。

「ジル、もうやめましょう。これ以上は……」

背中にかかるソフィーの声が、常になく弱々しい。

ビギナーズラックの時間はすでに終わった。というよりも、アリスティアに対してはそんな普通レベルの一時的な幸運なんて役に立たなかった。

さすがはギャンブルが強いと自分で言うだけのことはある。天性の勘の持ち主で、しかもどうやら、こちらの視線や表情を読んでいるらしいのだけれど。

（ぐぐ……無表情にしてるつもりなのに！）

ジルは必死に感情を面に出さないように、変な動きをしてしまわないように……と気をつけて汗すらぬぐえずにいるのに、なぜか見透かされてしまう。

「ふふーん♪　わたしはもう充分勝ってるし、ここでやめてあげてもいいわよ？　じっくり考えたらどうかしら？」

王女様は自分のカードを眺めながら、さらさらした亜麻色の髪先を指に巻いてくるくるいじっている。余裕たっぷり、こちらとは対照的だった。

「でもホントに弱いわねー。さっきまではビギナーズラックで勝ててたけど、こうして一対一で勝負してみると、なにも考えてないのがよくわかるわ」

「うっ！　そ、そこまで言うか……」

年下の少女にそんなことを言われて悔しくないはずがない。

ただし、現実は非情であった。

ジルはこてんぱんにやられた。それはもう、思い出すのも嫌なぐらいに手の内を見透かされ、翻弄され、ビギナーズラックがどうこうのレベルではなかった。

「でも、なにも考えてないのは事実でしょ？　前も言ったけど、ギャンブルは運とか勘だけじゃダメ、ちゃんと頭を使って考えないと。つまり思考力がモノを言うんだけど……あなたはその点、さっぱりね」

「くぅぅ……」

ソフィーがまた、こそこそっと名を呼んでくる。

「あの、ジル……」

「わ、わかってるって……！　でも、もうあとには引けない！　自分を信じるしかない！」

ひと勝負ごとにレートが倍々に上がっていく変則ルール。

すでに有り金はすべて使い果たして、それでも食い下がって旅の荷物までをカタにした。なのにそれでも負けてしまって、大きな借金をしての最後の大勝負、という場面。

ここで負けたら、一文無しどころかとんでもないマイナスだ。正直、負けた時のことは考えたくない。そんなお金、どうしたって用意できそうもないから。

だからといって、ここで降りても一文無し止まり。お金は返ってこない。

だが勝てば。勝てさえすれば今までの負けがだいぶ取り戻せる。その幸運があと三回、いや二回でもいいから続けばなんとかなる……。

「だから、何度も何度も何度も、もうやめましょうって言ったのに……」

ぶつぶつと背中に向けて投げかけられるソフィーの不満はごもっとも。自分だって、ここまでつっこんだ勝負をするなんてのは馬鹿げているとわかっている。

(でも……！　ああもう、なんでこんなに負けてるんだ？)

危機に陥ると幸運を引き寄せる——そんなあやふやな能力なんて、自分でも把握できているとは言いがたいけれど。少なくとも今までは期待を裏切るようなことはなかったのに。全幅の信頼を置いていたのに。

その能力が……今日に限ってさっぱり働いている気がしない。

これまでは、ピンチになれば必ず救いの手が差し伸べられた。

魔物の巣に迷い込んだ時だってそうだ。凶暴な魔獣に寝込みを襲われて、剣すら握っていなかったのに危機一髪で難を脱したこともある。

それだけじゃない。魔物に襲われて村を焼け出された人達のために、ソフィーが止めるのも聞かずに全財産をなげうったことだってあるじゃないか。

その時だってなんとかなったのだ。助けてくれたお礼にと焼け残った木彫りの女神像をもらい、それを偶然出会った神官に譲ったら古びた神学書をもらい、それを大きな町に持っていったら、ものすごいお金で買い取ってもらえることになったりして……。

（だから今回だってそんなふうになるはずなんだ……！）

と、そこまで考えたところで、なんとなく嫌なことを思いついてしまった。

（そういや、今までの幸運って……全部魔物絡みの出来事だったっけ……）

——まさか、相手が魔物の時だけ幸運の力が働くとか？

（いやいやいや！　だって村の人を救った時だって……！　まあでも、あれも元は魔物のせいで困ってる人を救うためだったけど……）

どんどん不安になってくる。

（今回のこの勝負だって、勇者の装備品を手に入れるためのものだし？　けっして、俺自身のワガママで装備が欲しいから、ってだけじゃないし？　魔王に対抗するために必要だから、っていう大義名分があるし？）

語尾上げの必死の言い訳が、虚しく心の中に響き渡る。

（あの装備は来たるべき脅威に備えるために必要なんです……世界を救うために必要なものなんです……！）

神か精霊か、あるいは他のものか。自分に勇者としての能力を与えたなにかに必死に言い訳しながら、ジルはようやく宣言した。

「……降りない。ヒ、ヒットで」

悩んだ結果、もう一枚カードを引くことにした。

勝負はブラックジャック。ルールは簡単で、ジルにもすぐに把握できた。

要は、交互に配られるカードに割り振られた数字を足して、21になればいい。もしくはそれに近い数字になった方が勝ち。21を越えてしまったら問答無用で負けだ。

が、ここまで駆け引きが重要になってくるとまでは予想していなかった。

現在、ジルの手元には二枚のカードが来ていて、数字の合計は15。ここでもう一枚引くことを選択した。

そしてアリスティア王女の手元には三枚。しかし彼女はこれ以上のカードは必要ないと、先ほどスタンドを宣言している。しかも、ダブルダウン……掛け金を倍増させた状態で。

つまり「この数字でもう充分」と判断したということだが、かといってそれが本当に勝ち目のある数字かというと、それはわからない。

たいした数字でもないのに大きく勝負してみせたり、逆に余裕の場面であえて自信がなさそうにしてみせたり。一対一のブラックジャックは一筋縄ではいかない。

アリスティアが当たり前のように仕掛けてくるその駆け引きが、ジルにはできない。

ともかく、もう賽は投げられた。

(大丈夫、ここまで追い詰められてるんだ。俺ならここで逆転できる！　ぜ、絶対に！)

ゴクリ、と唾を飲み込んだジルが、伏せたまま配られたカードの端っこをつまみ、ゆっくりとめくっていく。

「ジ、ジル……」

ジルの背後にいる女戦士も、緊張にきゅっと握った拳を胸に置いて、細めた目でぐぐっと前のめりにテーブルを覗き込んで……。

半分ほどめくったところで、そんなソフィーの溜め息が響いた。

「………くそぉ」

結果、バースト。負けだ。

「あら、欲張りすぎじゃないの？」

すっとテーブルに滑らせた彼女のカードは合計値14……。あそこでもう一枚引かなければ、こっちの勝ちだったのに。

「ううぅ……騙された」

「カードゲームではこういう駆け引きが大事なのよ。よくおぼえておきなさいね」

ガックリと肩を落とすジル。その耳元にソフィーが恐る恐るといった感じに囁く。

「あの、ジル……。私、気付いたんですけれど、もしかしてあの能力って……魔物相手じゃないと発揮されないんじゃ……？」

「うん……。それ、さっき俺も思った……」

時すでに遅し。

上機嫌のアリスティア姫が手を打つと、メイドが部屋に入ってきてお茶を淹れ始める。

「そっちのソフィーさんも座って、まずはお茶でもどう？　どうやって借金を返してもらうか、これから話しあわなきゃね♪」

「…………」

言われたままに座ったソフィーは、青い顔をして無言。

メイドの淹れてくれる紅茶の香りが広がった部屋に、ジルは無言で肩を落とす。

「うーん、そうね……」

紅茶で口を湿らせながら、王女様はしばらく考える。

「まずソフィーさんだけど、美人で見栄えがするわね。ここで働いてもらいましょう」

「こ……ここで、ですか？」

労働を課されるぐらいは予想していたものの、カジノで働くとは思わなかったのだろう。容姿に対する褒め言葉に反応する余裕もなく、うろたえながら聞き返す。

「あ、大丈夫よ。最初は簡単な仕事をしてもらうから。でも将来的にはディーラーもやってもらいたいわね。美人がディーラーだと、お客のお財布の紐って緩むものなのよ？」

「しょ、将来的、に……？」

なんだか、ずいぶん先まで予定を決められてしまっている。愕然としたソフィーが、怒りの向けどころがわからずにこちらを睨んできた。

「ごめんなさい」

全面的に責任のあるジルとしては、もう、ひたすら小さくなるしかない。

「そっちの勇者さんは……えっと、ジルだっけ？　カジノだと男の働き手は余ってるくらいだし、どうしようかしら。よそで働いてくれてもいいんだけど……」

いらない子扱いに反論する気力もなく。むしろ「俺なんてどうせミジンコなんだ」と自虐の念を強くしつつ、ジルはぼそりと呟くくらいしかできない。

「……好きにしてください」

自暴自棄の勇者をどうするか、アリスティア王女はちょっと考え込んでいたようだが。しばらくして「ああ、そういえば」と呟いた。

「ちょうどいい仕事があったわ。喜びなさい」

「……？」

なにを喜べばいいのかさっぱりだが、もしかして自分にとっていい話なんだろうか。

「これは、あなたのことを信頼しているからこそ任せる仕事なのよ？」

にこっと笑った上品に整った顔に、なぜだか不安が募る。

ジルの背中にはひんやりした汗が流れていき……やがて、アリスティアの可愛らしい声が響いた。

「あなたには、カジノのオーナーになってもらいます」

※

華やかなカジノの中にいると、時間感覚が狂ってしまうようだ。

すでに日は暮れて、あたりはすっかり暗くなっている。いつもなら寝ていてもおかしくない時間になってしまっていた。

カジノに住み込みで働くことになったソフィーの、ぶすーっとして不満げな視線に見送られ、ジルが連れてこられたのはそこからずいぶん離れた場所だった。

「さ、降りて降りて」

アリスティア王女に急かされて馬車を降り、目の前の建物を見上げてみる。

それなりに大きくて、それなりにしっかりした建築物ではあった。

(でも、なんというか、ボロボロだな……)

看板らしきものはなく、窓のあったであろう部分には板が張ってある。石壁には伸び放題のツタが這い、掃除が行き届いていないせいでそこかしこの隙間に雑草が。

ぼんやり突っ立っているジルの前に、古びた建物をバックにしたお姫様が仁王立ち。

「ここがあなたのカジノよ!」

じゃーん! と効果音でもつけんばかりに宣言した王女様だが……。

「カジノ……? ここが?」

どう見てもただの古びた館にしか見えない。まあ、普通の建物としたら大きいけれど、カジノとしては……。さっきまでいた場所と比べてしまうとあからさまに小さい。

「今は看板がないからそうは見えないでしょうけど。このあたりに目立つ看板でも据えつけて魔法照明でキラキラさせれば、あっという間に立派なカジノよ？」

と言いながら、入り口付近を指差すアリスティア。

「はあ……そんなもんですか」

「道具も昔使っていた頃のものが残っているから、少し手を加えれば使えるでしょう。あとは人材だけど、なんてったってここはカジノ国家ですもの。ディーラー経験者なんてすぐ見つかるわよ」

「あ、人材集めから始めなきゃいけないんですね……」

カジノのオーナー。カジノの支配人。カジノで一番偉い人。

実際はそんなことなかった。

（こんなカジノ押しつけられても……）

ここに来るまでに聞いた王女の話によると、国の財政を立て直そうとしたアリスティアが買い取って運営した、初めてのカジノがここらしい。

と言ってもその期間はわずかで、むしろ赤字だったようだ。

だが、カジノ経営自体には手応えを感じていた彼女は、すぐにさらなる投資を行った。

そうして新設されたのがさっきまで居たカジノだ。

ここよりさらに大きくて立地もよく、見た目からしてワンランク上のカジノは近隣の国でもすぐに評判になった。そこからは人が人を呼んで今の成功に至るわけだが、その際に古いカジノは閉店してそのままになっていたようだ。

それをジルに経営させようということらしい。

「わたしだったらあっという間に黒字化させちゃうんだけどね。ほら、今は向こうのカジノの拡張で手一杯だから、こっちに構っている余裕がないのよね」

と言いながらアリスティアは目を逸らす。……なんだか怪しい。

「つまり黒字化の目処が立たないから、とりあえず放っておいたと……」

「そうじゃないって言ってるでしょ！　忙しいの！　向こうのカジノで手一杯なの！　わたしが本気を出したらすぐに立て直せるわよ！　たぶん！」

「たぶん、って……」

釈然としない。そもそも……。

「それにしたって、オーナーを任せるならもっと適任な人が居るでしょうに」

なにも好きこのんで、商売に関して素人な旅の勇者なんかをオーナーにしなくても。もっと適任な者はたくさんいるだろうに。

「ああ、それはほら……ねぇ？」

ちょっとムキになっていたアリスティアだが、またしても言いにくそうに目を逸らす。

「つまり……誰もオーナーをやりたがらないってことですか」

この王都は他都市に比べたら魔法街灯がかなり多いし、通りに並ぶ煌びやかな看板も目につく。さながら不夜城だ。

なのにこの一帯は妙に暗く感じられる。

理由は簡単。新しいカジノができて、客も住人もみんなそっちに流れたからだ。

さっきまでいたカジノは大通りに面していて、周囲には酒場やら宿屋やらが一通り揃っていた。少し通りを歩くだけでお腹をいっぱいにできるほど出店が並んでいたし、人通りは深夜まで途切れることがなさそう。

(それに比べてここは……なんかどんよりしてる)

場所も中心地から少し離れているし、建物が多いわりには窓から光が漏れていないものばかり。大きめの建物が多いだけに、それがいっそうもの悲しい。

ここが住宅地なら、多少寂れていてもこうはならない。この寂寥とした無人感は、いかにも「人の消えた元繁華街」といった感じだ。

(こんな状態のカジノを任されるのは、誰だって嫌だろうなぁ……)

これなら、一からカジノを作れと言われた方がまだマシだろう。

「まあ、勇者なんだからなんとかできるでしょ？　このままオーナーのなり手が見つからなかったら潰すつもりでいたんだけど、それはそれでもったいないものね」

(あ、本音がちょっと出てますよ、王女様……)

アリスティア本人だって、このカジノを立て直せるとは思っていないのだろう。それでもジルに任せたのは、それが面白そうだったから……もうそうとしか思えない。

「ううう……」

「なによ、情けない声出して。手を貸さないとは言ってないでしょ？」

肩を落とすジルにニッコリとアリスティアが微笑む。

「え⁉　手を貸してくれるんですか⁉」

「もちろん。ほらこれ、当面の運営資金よ。さすがに無一文からじゃムリですもの」

と言って革袋を手渡してきた。

「おお……！」

手の平にずっしりと感じる重さはかなりのもの。今日ジルが負った借金なんか目じゃないくらいの量がある。

(こ、こんなに？　このお金を持って逃げちゃったら……どうだろう？)

ついそんなことを考えてしまって、すぐに頭を振ってその邪念を振り払う。

(だめだあああっ！　勇者がそんなことしたら末代までの恥だぁぁぁ……！)

と同時に、ジルは理解した。

このカジノを立て直すような難しい仕事を引き受けてくれて、なおかつ信用のおける者を探すのは難しい。それなら、逃げるに逃げられないオーナー候補を探した方がよっぽど楽だろう。アリスティア王女にとってのジルは、都合のいい人材だった。

（ソフィーとだって引き離されちゃったし。これじゃ体《てい》のいい人質じゃないか……俺一人で逃げるなんてことできないもんな）

そんなことを思ってぐったりしているジルの肩に、王女がぽんと手を置いて。

「それともうひとつ。あなたにやる気を出してもらうために、好条件をつけてあげるわよ？　ありがたく思いなさい」

「……？　というと？」

ジルのげんなりした顔に喜色が浮かぶ。

「もし順調に仕事をこなしてくれたら、あなたが欲しがってるあの勇者装備を――」

「くれるんですか⁉」

「そんな甘い条件あるわけないでしょ、どれだけお花畑なのよ？　そうじゃなくて、あなたが実績を出せたら、あの装備を賭けてまた勝負をしてあげるから」

「……はい」

そんなことだろうと思ってました。いえ、それだけでありがたいです。はい。

「じゃあ、そういうことでよろしくね。しばらくしたらまた様子を見にくるわ」

くるりと踵を返した王女が馬車の方へ。

「今日は疲れたわ。早く王宮に帰ってお風呂につかりたいわねー」

そんなお気楽なことを呟きながら乗り込んだ馬車が動きだす。

騒がしい馬蹄の音が小さくなり、消えて、あとに聞こえるのは、ひゅーと吹き抜けていく寂しい風の音ばかり。

物寂しい街並みに、ジルは一人立ち尽くした。

※

「よかったわー。こんなことになっているんじゃないかと思って、心配していたのですよ」

ラウラ女王が持ってきてくれたパンを食べながら、ジルはペコリと頭を下げた。

「本当に、んぐ……助かりました。食べ物を買いにいくにも、道がわからなくて」

礼を言って、もうひとくち食べて、侍女が差し出してくれた温かい飲み物で飲み込んで。それでようやく落ち着く。

女王は侍女が用意した立派な椅子に。そしてジルは粗末なベッドに腰掛けていた。ここは、女王という立場の人間には不似合いな、狭くて飾り気のない部屋の中だ。

数時間前のこと。この旧カジノの前に一人残されたジルは、とりあえず建物に入ってみることにした。

ひとけがなくシーンと静まり返ったカジノの内部は、荒れた印象しかない外見に比べたら意外に綺麗なものだった。

アリスティアのカジノに比べれば、カジノ用テーブルも客用の椅子も古びてはいるけれど、きちんと片付けられていたおかげで思ったほど傷んでいない。多少の埃は積もっているものの、すぐにでも使えそうなほどだった。

それで少しだけホッとして建物内を一通り見て回ったジルは、住み込みで働く者のための部屋を見つけた。

もはや夜も更けたし、なにより、今日一日の急激な展開についていけずに脳が考えることを放棄してしまっていた。

ジルはベッドに身を投げ出し、その部屋で休むことにしたのだった。

ところがそこで、半日以上ほったらかしになっている胃袋が激しく抗議の呻きを上げ始めてしまった。

長いこと放置されていたカジノの中に食べ物なんて置いてあるわけもなく。外に買いに行くにも、ここが街のどこなのかもあやふや。

一度外に出たら夜道に迷ってしまいそうで、今日のところは胃袋に辛抱を言い聞かせて寝てしまうことにしたのだが……。

カジノの前に四頭立ての豪華な馬車が止まり、ジルのための食事を用意した女王が姿を現したのは、まさにそんな時だった。

「でも、どうして俺がここにいることを？」

「それは、帰ってきたあの子に聞いたからですよ」

あの子というのは、もちろんアリスティア王女のことだろう。

ジルの疑問に微笑んだ女王は、昼間に見た時よりも軽装で……。ハッキリ言ってしまえば、ネグリジェの寝衣に外出用のガウンを羽織っただけの格好だった。

薄手の寝衣は上質な絹の二枚重ねでドレスのように腰が絞られた膝丈のもの。

薄暗いからまだしも、陽の下であれば中が透けてしまいそうなくらい薄い。しかも丈が短めだから少しずり上げたら太腿までが見えてしまいそうで、そこから上も身体のラインがなんとなく見えるようで……。

（って、やばいやばい。ジロジロ見てたら、いくらなんでも失礼だ）

しかし女王の方はジルの視線に気付くや、そんなことまったく気にもしないで口を開く。

「うふふ、これですか？　あまりにもあなた達の帰りが遅くて、もうそろそろ寝てしまおうかと思っていたの。そうしたらあの子が帰ってきて、『あの勇者は旧館のカジノで働くことになったから』なんて言うものだから、わたくしったらびっくりしてしまって」

それでわざわざ食事を用意させ、着替えもそこそこに馬車で駆けつけてくれたのか。

（うう……いい女王様だなぁ……）

感無量である。一国の女王様が、自分なんかのことを気にかけてくれるなんて。

「いいんですよ。これでもわたくし、一目見た時から勇者殿のことを気に入ってますから。人を見る目は確かですのよ？」

なんてことまで言ってくれる女王様に、ジルは忠誠を捧げたくなってしまう。

「でも、あの子ったら酷いわね。勇者殿にそんな仕事を押しつけるなんて、いくらなんでもやりすぎです」

「いえ、それは……調子に乗って勝負を受けて立ったのは俺ですし……仕方ないです」

自分が王女とサシで勝負した話も聞いているのだろう。

この件に関しては反省するべき点の多い……というより反省以外の要素がないジルとしては、恐縮するしかない。

「でもあの子、ギャンブルに関してはわたくし譲りですもの。聞けば勇者殿は今日が初めてのカジノだったとか……それじゃ勝てるわけがないですわ」

「そうなんですか……」

冗談かどうか知らないが、ラウラ女王はあの王女よりもギャンブルに強いらしい。話半分にしても、腕に自信はあるのだろう。そういえば王宮で王女と話していた時もそんな感じだったし、ギャンブル好きなのも母子共通のようだ。

「でも勇者殿、お金を返すにはこのカジノを軌道に乗せなければならないのでしょう？　それはさすがに……わたくしから、あの子を説得してみましょうか？」

「いやそれは。借金があるのは事実ですし、ちゃんと働いてお返しします」

さすがにこんなことまで女王様に頼りきりでは、勇者としてのプライドに関わる。ここは断っておかないと、と思っての強がりだった。

　すると、ちょっと拗ねたように唇を尖らせた女王様が愚痴り始める。

「確かにわたくしが言って聞かせたところで、あの子ったら強情だから……聞く耳なんか持ってくれないでしょうけど」

「そうなんですか？」

「そうなのです……。あの子が好きにさせてくれないから、女王なんて言うわりにはお金だって融通してあげられないですし……。ごめんなさいね、アリスティアのワガママに付き合わせてしまって」

　謝られてしまった。しかもそっと手を握られて。

「そんな、謝ることなんてないですよ……ははは」

　寝る直前だったらしいし、お風呂にも入ったのだろうか。彼女の全身からふわりと漂う花の香りは、浴槽に浮かんだラベンダーの花びらを思い起こさせる。

　しかも、ちょっと前屈みになって手を差し伸べたせいで、胸の膨らみがわずかにたわんだ。柔らかそうに、ふるん、とちょっぴり揺れている。胸元の開いたゆったりとした寝衣からは、少し視線をずらすだけで柔肉の谷間が覗けてしまいそうだ。

（ダ、ダメだからな？　ホントに覗き込んだりしたら、面倒なことになるんだからな？　それにしても……下着、つけてないのかな？）

欲望の呟きを交えつつ、それでも頑張って必死に目線を上に固定する。

だがそれはそれで、申し訳なさそうな視線と正面から見つめあう形になってしまうので緊張せざるをえない。

（ううっ、ホントにこの人は……、いや、この方は、女王様って感じがしないな……）

そもそもこの状況自体が特殊すぎる。いくらお忍びとはいえ、自分のような勇者崩れと国の頂点である女王様が、こんなふうに話していること自体が。

本来なら、自分は床に跪いて頭を垂れていなければいけないのに。彼女の「食べながらお話ししましょう？」のひと言でそんな儀礼は吹き飛んでしまった。

言葉遣いからは確かに上流階級の気品が感じられるのに、その内容からは親しみやすさばかりを感じる。歳だって一回り離れているはずなのに、あまり年上という気がしないし。うっかりすると、女王様を相手にしている状況を忘れてしまう。

今だって、ついつい視線が下がってしまいそうに――。

「……そうですわ！」

「はっ、はい⁉」

視線を今にも胸元に寄せかねなかったジルがびくっとして背筋を正すと。

「せめてものお詫びに、わたくしが勇者殿のお手伝いをしましょう。これでも女王ですもの、お金以外なら融通だってききますわよ？」

「え？　あ、それはとても助かりますが……」

　助力を申し出られても、そもそもどんな助けが必要かさえわかっていない。というのがジルの現状だった。とりあえずは人材を集めて建物を掃除して……といったところからだろうが、それだって覚束ない。

「それなら大丈夫。さっきも少し触れましたけれど、わたくし、これでもギャンブルには強いんですの。この街にだって詳しいですし、何年か前には、アリスティアと一緒にカジノ運営だってしてましたのよ？」

「おお、そうなんですか⁉」

「……『お母様は経済観念が欠けてるから黙ってて！』なんて言われて、すぐに追い出されてしまいましたけど……」

　後半の小声で付け足した部分はあまり聞かれたくなかったのだろうが、ばっちり聞いてしまった。

（でも、カジノを経営した経験があるってだけでも助かるかもしれないな。いや、この街のことを教えてもらえるだけでも助かる……なにしろ俺、道すらわからないし）

「そういえば、このカジノで成果を出せたらまた装備品を賭けて勝負することになった……なんてことも聞きましたわ。ギャンブルの手ほどきもしてあげられますわよ？　わたくし、それなら自信があります」

「そ、それはすごく嬉しいです！」

なにしろ今日は、自分の実力というやつをさんざん思い知らされてしまった。

女王様のギャンブルの腕はアリスティア王女以上、と少なくとも本人は言っているし、そんな人に教えを請えるのは願ったり叶ったりだ。

（あ、ようやく展望が見えてきた気がする……！）

正直なところ、なにをしたらいいかわからなすぎて思考を放棄していたジルとしては、これでようやくスタートラインに立てたような気がした。

カジノを軌道に乗せ、借金を返して、なおかつ勝負に勝って勇者の装備品も手に入れる。そしてやがては胸を張ってこの国を出て、魔王復活に備える旅を続けるのだ。

「あの、女王様、よろしくお願いします！　いろいろと教えてください！」

「もちろんですわ。ようやく勇者殿にも覇気が戻ってきたみたいですわね？　それでこそわたくしが見込んだ方です」

「あ、はい。お恥ずかしい限りです。さっきまでは、これから先どうしていいのかわからずに混乱状態で……」

恐縮するジルだが、その言葉がぴたりと止まる。

「あの……？」

「なんですか？」

向かいの椅子に腰掛けていたラウラ女王が羽織っていたガウンを脱ぎ、ふわりと漂う花の香りを振りまいて隣に座ってきた。ジルはベッドに座っているので、つまりはベッドの隣にである。……しかも、なんだか距離が近い。

(ち、近いっていうかこれ、もう……あああ)

ふにっと感じる柔らかさは間違いない、女王の膨らみが腕に当たっている。

カチーン、と音が聞こえそうなほどに硬直したジルがかろうじて目を動かすと、さっきまでは同じ部屋に控えていたはずの侍女がいなくなっているのに気付いた。

さっきまではずっとそばに控えていたのに。それがまるで空気を読んだかのように消えてしまった。

(あ、あれ？　なんだこれ、どういう……？)

そして、ふにふにとたゆたう感触が、今度は完全にぷにゅりとくっついてくる。

(う、腕が埋まる⁉　いやいや、待て！　落ち着け俺！　そうじゃなくて……)

「あ、あああ、あの、女王様？　これは、どういった状況でしょうか？」

なんとなくわかってはいる……いるが、なぜそうなるのかわからないし、今までこんな経験のない自分としては聞かずにはいられない。

「あら、そんなことを聞くのですか？　でもそんなういういしい勇者殿……ますます気に入ってしまいそうです」

なんて言いながら、こちらの肩に頬を寄せ、寄り添うように完全密着。

「きょきょ、きょうしゅくです！」

「ほら、さっき勇者殿が言っていたでしょう？　『いろいろ教えてください』って」

（教える？　いろいろって、そういうことなのか？　いや、普通は違うだろうけど、もしかしたら王族ではそういうことも含むのか？　しかも今の言葉からすると、なんだか、俺に経験がないことを見透かされている気がする！）

教えるということは、知識が劣っていると見抜かれているも同じだ。確かに自分には恋人もいなければ性経験もない。

いや、そもそもこの人は年上で、未亡人で、子供までいる母親だった。その人生の半分しか生きていない自分が敵うはずもない。

とても自分の倍も生きているようには見えないラウラ女王が、その優しげな顔でふふっと嬉しそうに微笑んだ。その瞳に、目が吸い寄せられそうな妖しい光が垣間見える。

「教える、というのは半分冗談ですけれど」

自分の唇を撫でながら、ラウラ女王はまた拗ねるような表情に。

これまでもそうだったが、そんな表情をされると一気に子供っぽくなる。相手が女王様だという立場の違いが、頭から抜けていってしまう。

「わたくし、十代で結婚したのよ？　なのにあの人ったらすぐ逝ってしまって。そんなだから、わたくしだって独り寝が寂しいのです。その……疼いてしまう時だってあるのですよ？　だからいろいろ教える代わりに……勇者殿はわたくしの相手を頼みますね？」

途中までは愚痴を呟くように、そして最後はジルに向かってニコッと笑って。

それは半ば強圧的と言っていい言葉だった。

（あの人ってのは、前王のことだよな？　つまり……、よっ、欲求不満？　お、俺、誘惑されちゃってるぞ……）

そろりと動いた女王の手が、こちらの太腿を撫で上げる。

ジルは服を着替えておらず、今足に穿いているのも旅にぴったりの厚手のものだ。

だがその布を通してさえ、ぞくりとするような優しい感触が太腿に響く。

あっ、と気付いた時には遅かった。女王はするりと腰紐を解いて、肉棒のそびえる股間が外に晒されてしまう。

ほぅ、と喘ぐような吐息を漏らしたラウラ女王がますます身を乗り出してくる。ほとんど抱きつくような格好だ。

「んっ……すごく熱くなってますね？」

自分で見ても恥ずかしいくらいに張りつめたペニスが、急角度で天井を向いている。そこに向かって女王の白い手が伸び、現在進行形で血液が集結中の部分に触れられてしまった。ぴくくん！　と肉茎が跳ねる。

「うあっ、そ、そんな、ふうにっ……。触られたらっ……！」

思えば、勃起したペニスを他の人間に触られたのは人生で初めてのことだった。

そして、その際に全身へと走った痺れるような感覚も。

「うふふ、殿方のここの感触、本当に久しぶりです……。それにしても嬉しいものですね、わたくし相手でもこんなふうになってくれるなんて」

「そ、それは……っう！」

どう答えたら失礼に当たらないのかわからずに相変わらず硬直していると、指先がしゅるりと絡んできた。血管を浮かせて張りつめた肉の棒が、神経の塊になったように敏感な刺激を伝えてくる。

「ちょっと心配だったのですよ？　わたくし、勇者殿に比べたらずいぶん年上ですし……うふふ、すごく硬くて、熱くて……ああ、もう先端から汁が」

「じょ、女王様、恥ずかしいのでそういうことを言うのは……」

つい口を挟んでしまったが、それはあくまでもポーズ。本心では、もっと触ってほしくて、撫でてほしくて、腰が勝手に動きたそうにウズウズしていた。

（でもこれ、いいのか？　本当にいいのか？　あとでマズイことになるんじゃないか⁉）

そんな葛藤もあるにはあるが、

「あら、やめた方がいいんですの？　恥ずかしいならここまでに……」

なんて言われてしまうと、相手が年上であることを意識せざるを得ない。もう、自分の心の中なんて見透かされてしまっている。葛藤なんて無駄なことだと思えてしまう。

「ふふ、ちょっと意地悪でしたわね。わたくし、久しぶりだから浮かれてしまって……。それにしても勇者殿、本当に可愛らしいこと」

きゅっと絞るように亀頭の下を握られて、そのまま軽く上下に。わずかに垂れた先走りの汁がにちゃりと音を立てた、その瞬間。

それだけで、ジルの頭の中にはチリッとした感覚が走り抜けてしまっていた。

ぞわりと総毛立つような感覚が下半身に発生し、続いて背筋を駆け上がってくる独特の快感。自分ではもう止められない。

(やばっ、ううううっ！)

びゅるっ！　どくどくどくっ！　どぴゅるるっ！

「っ……!?」

ラウラ女王もさすがにいきなりすぎて驚いたのか、目を丸くして動きを止めた。

まるで白い塊のような精液があとからあとから、噴火のようにあたりへ飛び散る。ベッドの上、自分の股間、もちろん女王の手にも。

(うぅ、自分でも出るのが意識できなかった……)

出ると思った時にはもう、我慢も後戻りもできなくなっていた。

ついに出してしまったという、幸福感と後悔がない交ぜになったような複雑な心境で、そっと女王を覗き見る。

「………」

わずかに身体を離したラウラ女王が俯いていた……やがて顔を上げる。

その表情に、ジルはごくりと生唾を飲んだ。

「んっ……すごい匂い……。勇者殿のものは、こんなに濃いのですか……」

さっき垣間見えた妖しい光が、女王の瞳にらんらんと輝いている。その瞳にやや上目遣いの視線を向けられた途端、ジルの胸にムズムズとした感覚が生まれてきた。

(女王様、すごい……なんだこれ……)

それまではなんだか弄ばれているような気がして、あくまでも葛藤があって、ずっと身を固くしていたのだけれど。

その瞳に誘われたように身体の緊張が解け、代わりにズキズキと頭痛がしそうなほどに心臓が脈を打ち始める。

「ああ、勇者殿……もう我慢できそうにありません。わたくし……っ」

言葉に詰まったラウラ女王は、はふぅぅっ、と緩やかな吐息を漏らしながら寝衣の胸元にある紐を解く。そして、さっきまで彼女にまとわりついていた生来の気品が消えてしまったように。乱暴な仕草でそのまま胸元が掻き広げられた。

「……あ、女王、さま……」

目が離せない。

ゆったりと身体を包んでいた寝衣のネグリジェがすべり落ち、薄布の向こうにうっすら見えていたなだらかな肩から、わずかに見えていた腰のシルエットまでが露わに。

そして、そこに隠されていた豊かな柔肉の双丘も。

（おお、きい……。それに、すごく柔らかそうで……！）

ボリューム感に満ちた柔肉の塊はわずかに広がる釣り鐘型。その柔らかさをジルに見せつけるようにふるふると左右に揺れていて……。

そこには、にゅっといやらしく首を伸ばした乳頭の姿もある。

と、それが縦に大きくバウンドした。

正確には、無意識に腕を伸ばしてしまったジルが肩を掴んで抱きついたせいだった。

「っあ！　ゆ……勇者殿……⁉　んっ、ふぅぅ……んぅ」

（あ、あれ？　俺、なにを……⁉）

大きく喘いだ女王の息遣いを耳元に聞き、ハッとして我に返った。しかしジルが身体を離そうとするも、その手に女王のそれが重ねられて引き留められる。

そしてそのままラウラ女王の身体が後ろに倒れ、ジルがそこに覆い被さる形に。

「いいのですよ……？　わたくしは最初からそのつもりなのですから」

「あ……で、でも」

こうなったら俺だって我慢できないぞ！　なんて思ってしまったわりに、この期に及んで腰が引けてしまうのが格好悪い。

ただ、女王はそんなジルに対しても、ほわっとした、それでいて妖しげな笑みを浮かべた。やや肉厚な唇が艶めいて、喘ぐように動く。

「わたくしも、もう……本当に我慢できません」

言いながら、女王の手が自身のお腹へ。広がった寝衣の裾がたぐり寄せられ……。見上げる形の女王様は、膝を立ててその間にジルの身体を置いた。

（ここが、女王様の……）

ジルが見る初めての、そしてこの国で一番高貴な秘所を目にして、さっきから勃起したままだった股間の男根が大きく脈打つ。

柔らかそうな茶色髪と同じ質を持った陰毛が逆三角形を形作っている。しかもそれは今、しっとりと濡れて肌に貼りついていた。

膝立ちで身体を起こすと、ジルからは秘裂がよく見える。

（つ、ああ、もう、こんなの見ちゃったら……俺……！）

肉厚の丘に挟まれた割れ目は、白い肌にわずかに赤みを帯びていた。その隙間に小陰唇のヒダがぷるっと押し出されるように存在していて、透明な液体がわずかに光っている。

(ここに入れるんだよな？　この中……どんなふうになってるんだろう)

健全な男子としてジルにもそれなりに性知識はあるが、その感覚となるとあくまで想像の中のものだった。その感覚が今、目の前に。手を伸ばせば届くところにある。

仰向けに寝た女王の太腿を押さえつけるように、その内側に手を伸ばした。

「んっ」とわずかに震えた声を漏らした女王の眼差しに誘われて、もう一方の手で秘裂に触れる。思った以上に温かく、そして柔らかい。

「そ、そのまま広げて……っん！　そこに……！」

まるで苦しんでいるように息を荒らげる女王に言われるまま、指先でヒダを開く。にちゃりと離れた左右の肉ヒダの間から肉感的な桃色が現れ、わずかにヒクついていた。

もはや本能に近い動きで、ジルはそこに腰を近づけていく。

「はぁ、はぁ……あんっ！　勇者殿ぉ……んっ！」

亀頭の先端に人肌のぬくもりを感じ、それだけで走った痺れに一瞬だけ身体の動きを止め、次にはさらなる強さで腰を近づける。

くちっ、ちゅ……。かすかな水音は二人の接触部分から漏れ出している。

(女王様……！　ラウラ女王様……！)

心の中で敬称つきの名を呼んでも、相手が一国の元首だ、という意識はすでに消え去っている。自分より一回り年上だ、なんて意識も薄れてきた。

彼女は神聖な権威の塊であるこの国の女王様ではなく。

よくて「性の世界に誘ってくれる優しいお姉さん」、もしかしたら「恋人かそれに近い人」なんて意識まで芽生えそうになっている。

まるで初恋のような、それまで感じたことのない不思議な愛しさに背を押され、ジルは迷うことなく腰を突き出した。

ぐち、ぬぷる、ずずっ……！

「んあっ、そのまま、奥まで……っ、んはぁ！」

ジルの直線的な動きに合わせてラウラ女王も動いてくれたおかげで、ペニスの先が膣口を潜るのを感じた。その先には、ぬるりとした締めつけが隙間なく続いている。

「くっ、はぁぁぁ……っ！」

感じたことのない密着感とぬめりの歓待を受け、無意識に息を止めて息んでいた勇者の口から盛大な吐息が漏れ出した。

（きっ、気持ちいい！　温かくて、ヌルヌルしたのがっ、押し寄せてくる……！）

この中をもっと探りたい、そう思って腰を繰り出す。

「ぁうん……あぁ、いいですよ。思いきりっ、んんぅ！　はぁ、はぁ、んっ、ふぅ……」

苦しんでいるようにも聞こえた声が、ジルにも判別がつくようになってきた。

（女王様が感じている……こんなに息を乱して）

それが誇らしく、もっと乱れさせたいと思える。

密集した肉の圧迫を感じながら進むと、ヌルヌルしたうねりが激しくなってまとわりつく。そこを掻き分けるように腰を押しつけ、目の前のラウラ女王に抱きついた。

「はぅぅぅ……っ！」

亀頭が奥まで届くと同時に吐息のような喘ぎが漏れて、ラウラ女王の瞳が細められる。

無意識の動きで手を伸ばし、顔面にムニムニと感じる柔肉の山を鷲掴みに。絞るように力を入れてみても、乳房は潰れることなくぷるっと跳ねた。

(女王のおっぱい、すごく柔らかい……！)

それでいて張りもあるから、触っていて飽きることがない。

「はぅ、んっ！　そ、そんなに激しくいじられるの、初めてかもしれません。あんっ、でも、なんだか求められているのがわかって嬉しい……」

「女王様、綺麗です……！　身体もすべすべで、アソコの中も温かくって……！」

この感動をどう伝えていいかわからず、思ったままを口にしてしまった。

女王はそれを不快に思うことなく、むしろ余計に嬉しそうに瞳を潤ませ、自分の胸に顔を寄せるジルを抱きしめる。

女性の身体の柔らかさに感動しながら、ちゅっ、と乳首をつまむように口で吸い上げると、それに合わせて女王もピクリと震えて。

敏感に返される反応が嬉しくて、ますます勇者の動きには力が入っていく。

「ふっ、あんんっ！　はぁ、はぁ、やっぱり、見込んだ通り……勇者殿は、優しいですね。そんなふうに乳首を舐められたらっ、んあふっ！」

ジルの頭を抱きかかえるような細腕に、ぎゅううっと力がこもる。ジルが乳首を吸い上げながらペニスを後退させ、さらにもう一度突き込んだからだ。

初めて膣道を通った時と変わらないぬめりと圧迫感。なのに、蠢くようなその柔肉の絡みつきは常に変化しているように感じられた。

みっちりと包まれたペニスが、少しの動きでじゅるじゅる舐められているよう。

かと思うと、奥を突いた途端にきゅうっと狭まってカリ首が強く撫で上げられた。

二人の動きの激しさを表すように汗が吹き出し、触れあう肌と肌がぴったりとくっついて快楽のぬくもりを伝えてきていた。

「くっ、う……！」

「いいですよ。もっと激しくっ！　んんっ！　そのまま動いて、そのまま中にぃ……！」

さっき出したばかりのペニスがまたも限界の張りつめを見せているのを察してか、ラウラ女王はそれを許す言葉でジルの胸をくすぐる。

（このまま中に……!?　出して……しまう？）

かすかに復活した理性が「相手は女王なのに、それでいいのか」と問いかけるものの、今のジルはその問いかけをそれ以上真面目に考える気にはなれない。

それ以前に、女王の足がこちらの腰に巻きついて離れない。

ぐいっと男根で奥まで突いて、三分の二までを抜いて、再び奥まで。ジルはその動きに制限されてしまっていて、しかもその密着感に酔ってしまっていた。

「このまま……中に出しちゃいますよっ？」

「あくっ！　はぁはぁ、いいと言っているではないですか……。ふぁあぁっ！　む、むしろその方が嬉しいのです。あは、あぁ……！　わ、わたくしに、勇者殿のものを……！」

皆まで言わせる気はなくなった。

自分の精を求める言葉にカッと頭に血を上らせて、ジルは後先考えず腰をふりたくる。

ぐちゅっ！　ぷ、にゅちっ！　ぷじゅっ！　ぷじゅるっ！

二人して抱きあうような格好で、もはや接合部がどんなふうになっているのか見えない。でも、激しく鳴り響く卑猥な音と、そのたびに感じるペニスを揉み込むような感触が、ラウラ女王との一体感を増してどんどん心地よくなっていく。

「っ！　ああぅ！　わたくしもっ、んんんっ！　な、なんだか、こんなの……ひゃっ⁉　あ、あぁぁ……こんなの初めて……ぇ！　気持ちいいのですっ、ふぁあっ！　とても、っあ、んあああぁっ！」

「はぁ、はぁ、はぁあああぁっ……！　女王さまっ……！」

すでに限界に到達し、ペニスはいつ暴発してもおかしくない。ただ射精に向けてがむしゃらに腰をぶつけ、ラウラ女王もそれを迎えて腰をうねらせる。

「わ、わたくし、もぅ……！　んっ、あ……！　あぁぁぁぁぁっ!?　イ、イキますっ、わたくし、もぉ……イッ、んんんんんっっ!!」

涙の浮いた瞳でラウラ女王が抱きついてきて、その身体が小さく震えたと思った瞬間。膣肉がきゅううっと締めつけを強くし、ジルへの駄目押しになった。

どぷぷぷぷぷっ！　どくどくどくっ！　どぴゅううっ！

「っくぁあぁぁぁ……っ！」

「あああぁぁぁぁぁ……！」

二人の嬌声が混じりあい、動きが静止する。

やがてくたっと落ちた身体をラウラ女王と重ねたジルは、そのままの格好で「はぁ、はぁ」と繰り返される激しい吐息にしばらくの間は浸っていた。

(すごい……こんなに気持ちいいことをしてしまった……。しかも、女王様と)

呼吸が落ち着いてきて、同時に昂ぶりも収まってきた。あらためてそんなことを思い、ジルは感慨に胸を熱くする。

「うふふ……」

すると、すぐ耳元で女王様の笑い声が聞こえた気がした。

「わたくし、初めてイッてしまいました。侍女達から聞かされてはいたのですけれど、あんなに心地いいものだとは思いませんでした」

「……そ、そうなんですか」

　そんなことを言われても、どう返していいのか気恥ずかしくてよくわからない。とりあえず相づちを打って、まずは女王様の上に覆い被さっている身体を起こそうとした。

　が、きゅっと抱き寄せられて身体が起こせない。

「そうなのです。前の夫とは早くに死に別れたせいで、セックスであんなにも気持ちよくなれるなんてことは知りませんでした」

「は……はぁ」

「勇者殿に初めて会った時から、こんなふうになると予感していたのですよ。わたくし、ギャンブルが強い……と言いますか、勘だけはとても鋭いらしいので、そういった閃きは外したことがないのです……うふふ」

「あの、女王様？」

　さっきから恥ずかしい独白めいたことを呟いている女王様を変に思って、そこで少し強引に身体を起こす。

　ラウラ女王はそれが不満らしく、離すまいとするかのようにまた抱きついてくるが……。

　その少しの間にジルは見てしまった。

潤んだ女王の瞳、艶めいた唇。そしてほんのり上気した白い頬……。そしてなんだかうっとりとした、自分を見つめる視線の温度。

(それって、なんだか……)

一回り年上の彼女の表情は、まるで恋する少女のそれのように思えた。

(だ、大丈夫か、俺……)

女王の助力を得たことでカジノ経営に展望が見えた気がした。成り行きで背負ってしまった重荷を少しは軽くできそうだと思ったのに。

(また他の荷物を背負ってしまった気がする……)

なんとなく、そんな気がしたジルだった。

第二章　ヘッズアップ

「やはり、まずは働き手を探すのがいいと思いますよ？」

カジノの奥にある賓客ルームで、紅茶カップを片手にラウラ女王が言った。

お付きの侍女やメイド達が用意してくれた温かいお茶が、並んでソファーに座るジルの前にも置かれる。

「ですよね。とりあえず仕事の斡旋ギルドがあるというので、そこにもう募集の貼り紙を頼んであります。一応、しばらくの運転資金は王女からいただきましたし」

値段が張りそうな紅茶のよい香りを楽しみながら、ジルは今朝のうちに自分で用意しておいたチェックリストに目を落とす。

そこには、「カジノホールの内装」「備品補充」「ディーラーの募集」「その他雑務従業員の募集」などなど、カジノ再開店までに準備すべき項目が並んでいる。

これら項目をひとつずつ済ましていかなければならない。そのためにまずは働き手を集めないと、建物の清掃すら覚束ない。ということだ。

さすがにそれはジルにもわかっていたので、昨日、道をおぼえる散歩ついでに斡旋ギルドへ赴いて人材の募集をしておいた。早ければ明日には人が集まり始めるはずだ。

「では、現状ではもうやっておくべきことはありませんね」

と、それを聞いたラウラ女王が微笑んだ。

「え？　もうないんですか？　カジノで必要な備品もたくさんありそうですし、今のうちに買いそろえておいた方が……」

「細かい部分はむしろ人にやらせた方がよいでしょう。それくらいなら雇った人間に任せても問題ありませんし、オーナー自ら細部の仕事までしていたら身が持ちませんよ？」

「それは、そうですが……」

王女との勝負に負け、女王との密事があった日からすでに三日が過ぎている。その間、ジルなりにいろいろと考えていた。

そして今朝、女王がお忍びでやってくるという知らせを受けたので「いろいろ教えてもらいながら今日から本格的に仕事だ」と気合いを入れたところだったのに。

「むしろ、その間にオーナーとしてのカジノに関する知識を深めておかないといけません。お客の視点もお店の視点も両方持っておかないと、すぐにお店が立ちゆかなくなります」

「お客の視点と、お店の視点ですか……？」

「たとえば、カジノゲームにもいろいろとありますよね？　でも、それらはひとつひとつ、お客の勝てる確率というものが違ってきます。だから、お客に甘いゲームには人が集まりますし、なかなか勝てないゲームは不人気です」

当たり前のようにも思えるが、確かにその通りだ。となるとお店はどうやって儲ければいいのだろうか。お店が儲かる不人気なギャンブルには人が集まらないわけで……。

「そこがオーナーの腕の見せ所です。勝てる確率が低くて不人気なゲームでも、レートが高い勝負が望めれば……」

「おお、なるほど！　一発逆転を狙うような客が集まるわけですね？　逆に、お店が不利なゲームを低レートにすれば、お客もそこそこ楽しめてお店としてもリスクが低い、と」

にこっと微笑む女王が頷いてくれた。

「ジル殿は賢いですね。わたくし、実はよくわからないのですけれど」

「……は？　よくわからないって……」

「今の、アリスティアの受け売りですの。『お母様はそういうところに気が回らないからカジノに関与しちゃダメ！』なんて言われてしまう始末で……」

「…………」

さすが女王様！　なんて感心したのが愚かだった。

「で、でも。確かにその通りですから助かります。なんとなくわかっていたつもりでも、やっぱり俺は門外漢ですから。根本的な指針が抜けてる気がしてたんです」

一応のフォローはしつつ、ただ、こういったアドバイスが助かるのは本当だ。相談できる相手がいるだけでずいぶん楽になるというのもある。

「では、そういうことで。本日のレッスンをいたしましょうか」

「レッスン？　ですか？」

「ほら、わたくしはむしろそちらの方が得意だと言ったでしょう？　アリスティアとの再戦に備え、かつ、オーナーとしてのギャンブル知識を深めるレッスンですよ」

そういえばそうだった。ラウラ女王はギャンブルが強いとか自分で言っていたっけ。

「では、準備を。まずはカードゲームからいきましょうか。今日はブラックジャックあたりがいいですね」

女王がそう言うと、それ以上はなにも言わずとも侍女が微笑んで退室する。

すぐ戻ってきた侍女の手には、カードの束が。

「あ、さっそくここで始めるんですか？」

「ええ、そうしましょう」

カードを受け取ったラウラ女王は慣れた手つきでカードを切る。

「ホントだ、慣れてるんですね」

「だってここ数年、アリスティアにせがまれて相手をしていましたもの。あの子とまともに勝負できるのはわたくしぐらいなものですから」

もしかして、ギャンブルに強いというのは本当なのだろうか。先日もだったけれど、彼女の言葉が誇張には聞こえない。

──などとジルが物思いに耽っていると。

「………あの、女王様」

「なんです？　ジル殿」

「どうしてこんなに密着するんですか？」

ソファーの隣、すすすっと寄り添ってきた女王がぴたりとくっついてくる。

ふと気付くと、さっきまでいたはずの侍女がいない。

(ものすごく近い過去、ほんの数日前に、似たようなことがあった気がするんですが)

今日のラウラ女王様はふわりとした緑のワンピースドレス姿だ。

ほんのり漂う香りからすると、今日はバラ風呂だったのだろうか。朝から入浴とは、さすがは王侯貴族だ。

ともかく、今日は真面目にレクチャーを受けたいのだけれど……。

「まあまあ、いいではないですか。ほら、配りますよ？」

「……わかりました。真面目に教えてくださいね？」

女王様にそんな注文をつけること自体が失礼だ、と数日前のジルなら考えたろう。だが、この女王様が意外に子供っぽいことを知ってしまっている今は、言いすぎとは思わない。

ブラックジャックならルールはしっかりおぼえている。そのことを伝えると、女王がディーラー役になって何回か勝負してみて、欠点やコツがあればその都度アドバイスする、ということになった。

そんなわけで、何事もなくひと勝負始まったわけだが。

「はい、揃ってしまいました。ブラックジャックですね」

「え？　いきなりですか」

アリスティアと一対一で行った勝負と違って、今はカジノでのゲームを想定している。ディーラー役の女王は最初の手札を場に晒しているし、合計値が17以上になるまではカードを引き続けなければならないといった条件もあって、まんまカジノ的な勝負形式だ。

だから、どちらかと言えばジルの方が有利な勝負なのに。

「今度は20ですよ。ジル殿は？」

「19です……」

ことごとく負ける。負けてしまう。

しかも……。

「うっ、く、くすぐったいんですが……」

「うふふー」

隣に座る女王が太腿を撫でてきた。いたずらっ子のように目を細めて楽しげに、

「だってジル殿、負けてばっかりですから。ここからは一回負けるごとに罰ゲームですね。これも強くなるための試練ですよ？」

なんてことを言ってくるわけで。

（罰ゲームとは誰に対してのなんの罰なのか……）

女王様の雰囲気からしてなんとなくそんな悪戯をしてくるんじゃないかという予感はあった。しかしこのまま負けるつもりはない。せっかくやる気を出しているのだから、こちらとしてはギャンブル特訓をしたいのだ。

（というか、このまま負け続きじゃさすがに格好が悪い！）

なけなしのプライドに懸けて、舐められてばかりではいられない。ならば、こちらは堂々と勝って女王のイタズラをはね除けるまで。

と、気合いを入れて勝負に挑む！　……のだが、

「また……負けた」

「あら、本当ですね。……じゃあ」

もぞもぞと股間に感じた手の感触が、ズボンを引き下ろしにかかった。

「ジル殿、少し腰を上げてもらえますか？」

「うぅ……はい」

（なぜだ……？　これでも考えてるつもりなんだけど……!!）

確率計算は苦手だが、それでも必死に計算して勝ち目のありそうな手を打っている。なのに、なぜか女王の手札には届かない。そもそも、女王の方はなにか考えている素振

りすらない。ルールに従って淡々と……悪く言えば適当にプレイしている感じなのに。

「確かに、ギャンブルがお強いみたいですね……」

「ええ、そうらしいですよ？」

ニコニコしている女王に十連続で負けてしまって、股間を丸晒しにされてしまったところで、ジルにはなんとなく理解できた。

(勘も鋭いけど、この強さは運の強さだ。俺にはわかる……！)

幸運の勇者とまで言われたジルだからこそ理解できる。

魔物相手に奇跡を起こすのが勇者ジルとするならば、ギャンブル相手に強運を発揮するのがこの女王だ。

知識と勘の鋭さが武器のアリスティア王女とは強さの質が違うし、この女王相手に練習していたら、そりゃ王女様もあれほど強くなってしまうわけだ。強さを磨かなければ、強運スキル持ちを向こうに回しては勝負にすらならない。

「ああ、もうこんなになってるんですね。ジル殿、すっかり元気ですよ？」

「くっ……」

なけなしのプライドは、どうやらものの役にも立ちそうもなかった。

さっきから、女王様の繊細な指先にさわさわすりすり股間を撫でられていたせいで、すっかり勃起してしまっている。

ついっと触れてきた二本の指で亀頭の下が挟まれ、クリクリとひねるように弄ばれる。

「うっ、ちょ、それは……！」

「さぁさ、次の勝負ですよ」

片手で男性器をいじりながら、もう片方の手で器用にカードを配るラウラ女王様。その目がますます嬉しそうに、あるいはいたずらっ子のように笑んだ形になっている。

「も、もう怒りました！　次は負けませんから！」

とペニスをいじられながら声を震わせて宣言したジルは、己を叱咤。

（女王様相手でもここはきっちり言っておかないと！　い、いくらそういう関係になってしまったとはいえ、今はそんなことをしている場合じゃないんだから！）

ついつい下半身の感覚に流されてしまいそうになる自分を抑え、ジルは配られた自分のカードと、場に晒された相手のカードを見た。

（ハートのAか……うぅ、嫌な予感がする……）

覗き見るように向けた視線の先ではラウラ女王が微笑んでいた。

「俺、降りてもいいですか？」

「いいですよ？　でも負けにカウントしますからね」

そう言ってラウラ女王はもう一枚の手札……10の数字が書かれたカードを見せる。

「はい、またブラックジャックです」

そう宣言した瞬間、肉茎がきゅっと掴まれた。

「うあっ！　あの、今はあくまでもゲームの練習中なので、それはまた今度に……」

「ダメです」

　にべもなく却下されたジルのペニスが、ぴくぴくっと怯えたように震えた。

※

　それから数日後。

「そうですか、住み込みで働きたいと。あの、ディーラー志望ですよね？　経験は？」

「えー、ないですよー。でも、ここ数年はカジノに通いづめだったし～。なんとなく、あたしでもできそうな気がしたんで」

　急遽しつらえたカジノの執務室テーブルに座ったジルと、その質問に答えている派手な化粧の女の人。という状況。

　彼女は、斡旋ギルドの人材募集を見て来てくれた従業員候補だった。

「で、でも、ディーラーの仕事って、それはそれでおぼえることが多いですよね？　カードを配るだけが仕事じゃないというか、掛け金とレートを計算してチップの払い出しなんかもしなきゃいけないから、計算能力も必要ですし……」

「え、そうなの？　うーん、計算するのはちょっと苦手かな～」

「……わかりました。お給料は下がりますけど、併設バーの給仕なんてどうですかね？

ほ、ほら、見た感じお水系というか……あ、き、綺麗な方だから、そっちの方が似合うと思うんですよね、ははは……」

「えー？　そう？　んふふ、オーナーさん、口がうまいねー。それでもいっかなー」

「…………」

今日の面接は彼女で十人目。いずれも似たような感じだった。

（これは、人材を集めるだけでも大変じゃないか……）

アリスティアが言ったように、確かに人はすぐ集まってきた。

そして職場の花形でもあり技術職であり、もっとも人集めが大変なディーラーを志望してくる者も多く、最初のうちは意外に順調そうに感じられていた。

が、その半分は未経験者。経験のある者でも「ルーレットなら得意ですが、カードは扱いが下手です！　やりたくありません！」なんて感じにクセの強い者が多く、なかなか「この人なら大丈夫！」という人は来ない。

「それじゃ、開店の目処がついたら連絡しますので……」

「はーい。よろしくお願いしまーす」

とりあえずウェイトレスに内定した女の人を見送って、ジルはぐたーっとソファーにもたれる。

「えーっと、ディーラーはまだ必要だし、清掃要員は後回しでも……あ、照明とかどうしよう？　魔法照明ってコスト高いんだよなぁ……」

　ラウラ女王は「細かい仕事はそれ専属の者を雇って任せた方が効率がいい」と言っていた。確かにその通りだけれど、なかなかそんな便利な人は見つからないものだ。

「斡旋ギルドの人に頼んで、経験者を直接紹介してもらった方がいいのかな……ちょっと給料高めになるけど……。うぅ、給料の勘定もちゃんとしないと。もしも開店前に準備金が足りなくなりでもしたら、大変だぞ……」

　考えるべきことが多すぎて頭が痛い。

（そもそも、こんな古くさいカジノに勤めたがる人なんて、そうそういないっての……）

　あらためてというか、ようやくというか、ジルは引き受けたこの仕事の大変さを噛み締めることになった。

「あ、いたいた」

「ん？」

　突然の声に顔を上げると、そこには長い髪が特徴的な黒いコルセットドレスの少女が。

「えっ、王女様？　どうしたんですか？」

「あれからほったらかしだったから、どうなったかと思って様子を見に来たのよ」

　と言いながら急ごしらえのオーナー執務室に入ってきた王女様は、部屋を一通り見回して、テーブル上の書類に目を留める。

「あ、面接でもしてたの？　驚いたわね、ちゃんと仕事してたなんて」

「む。ちゃんと働いてますよ……！」

「きっとあなたのことだから、そろそろ諦めて夜逃げする準備でもしてる頃かも、って思ってたのに。カジノを動かすのって、大変でしょ？」

　上から目線でちょっと癪に障る……が、思っていた以上にカジノ経営に困難があるのは確かにその通りだった。

「……まあ、大変なのは理解しましたよ」

「うふふ。そうふてくされないの」

　テーブルを挟んで向かい側のソファーに腰掛けたアリスティアが、さらりと髪を払ってにこりと笑った。

「じゃ、どんな感じかさらっと報告してちょうだい。開店準備はどこまで進んでるのかしら？　働き手は揃ったの？」

「いえ、それは……まだまだ足りないですけど。でも、一通り揃えるだけなら、数日中にはなんとかなりそうです」

　――人材の質を問わなければ。

「カジノテーブルやルーレット台なんかも、大半は昔のがそのまま使えそうだったので、掃除だけで済みそうですし」

——ルーレットの玉が足りなかったり、カードやサイコロがボロボロで買い換えなきゃいけなかったり、細かい不備は多いけれど。

「というわけで、ま、まあ、総じて順調ですよ。うん」

強がりもいいところだったけれど、悔しいのでつい誇張してしまった。

もちろん、そんなことはお姫様にはお見通しだったらしく。

「負けず嫌いなのねー。そういうの嫌いじゃないけど、実力が伴ってないとギャンブルにおいてはデメリットの方が大きいのよ？　そんなだから、わたしとの勝負でもなにも考えずぽんぽん負けちゃうのよ」

「ぐぐぐっ……」

王女様とはいえ、年下のくせにジルのことを完全にザコ扱いだ。

「それに比べて、あのソフィーさんはいいわね。即戦力よ？」

「あ……そういえば。ソフィーのやつはどうしてますか？」

環境の変化に忙殺されて忘れていた……というほどでもないけれど、ソフィーはいったいどうしているのだろう。あっちの豪華カジノで働いてるはずだけれど……。

「まずはカジノホールの給仕として働いてもらってるわ。物覚えがよくて理解力もあるから、ディーラーとして働いてもらおうと思って勉強してもらってるところ」

「え⁉　もうディーラーにですか⁉」

　そのうちディーラーにしたい、なんて以前も言ってはいたけれど、もうそんな勉強を始めているのか。なんでもそつなくこなすソフィーが評価されるのは理解できるけれど、務まるんだろうか……いや、彼女なら軽くこなしてしまいそうな気もするが。

　ただ、ギャンブル自体を毛嫌いしているふしがあるので、あんまりイメージに合わない気がするのだけれど。

「うーん、心配だな……」

「そんなことないわよ？　少なくとも言われた仕事はきっちりこなしてくれるもの。礼儀正しいし、華があるし、ディーラーとして不足はないわね」

　ソフィーが褒められるのは付き合いの長いジルとしても嬉しくはあるけれど、なんだかさっきから「うちの馬鹿息子と違って隣の家のソフィーちゃんは勉強ができていい子ね～」みたいな比較をされている気がして、素直に喜べない。

（実際に小さい頃、剣術道場でそんなこと言われた気もするし）

　むっとしているジルを見てか、アリスティアが皮肉るように「ふふん」と鼻を鳴らす。

「ま、とにかくあなたがお金を持って夜逃げしてなかっただけでもよしとしなきゃね。さ、準備しなさい。好きなもので勝負してあげるわよ？」

「はい？　勝負？」

「だから、逃げ出さず仕事していたご褒美よ。言ったでしょう？　実績を上げたら、そのたびごとに勝負してあげるって。今回はおまけだからね」

「あ！」

「さすがに装備を全部、ってわけにはいかないけど……。今回はそうね、勇者の兜を賭けて勝負してあげるわ」

そういえばそうだった。勇者装備を賭けた勝負をしてくれる約束だった。

まだ実績と呼べるほどの実績は上げていないものの、勝負してくれるというならその言葉に甘えないではいられようか。

（そっか、それなら……どれで勝負するかな）

先日はブラックジャックで大負けした。それから女王にもいろいろとレクチャーを受けて、他のゲームにも詳しくはなってきているけれど……。

（毎回、エッチなことしてるだけな気がするしな……）

二日に一回くらいはお忍びで顔を見せてくれる女王様だが、いつもギャンブルレクチャーはそっちのけになってしまう。特訓という意味では効果は疑問だ。

正直、強くなっている気がしない。

（となると……）

ジルには、以前から考えていたことがあった。

※

まだ軽く掃除しただけの薄暗いカジノホールへと場所を移し、ジルが向かったのは。

「へぇ、ルーレットがいいの？」

「はい。これなら強いも弱いもないでしょう！　純粋に運の勝負です！」

ルーレット台の前で、ジルは意気揚々と宣言した。

（ふふふ……ルーレットならば勝てる！　いや、これは絶対に負けられない戦いだ！　これで勝てないようならお先真っ暗だからな！）

カードゲームではジルはひよっこだ。ルールをおぼえることに精いっぱいで、勝つための定石を知らず、勝利に向けた確率計算もまだまだ怪しい。

だが、運勝負のルーレットならば話は別。しかもこの勝負、負けたところでジルはなにも失わない。だが王女は勇者装備を賭けているのだ。そういう意味でも、勝ち負けが運だけで平等に決まってしまうこの勝負は自分が有利。

「まあ、そうね。正しい選択と言えるわね」

「ふふふ……。ルールは単純にしましょう。好きな数字にひとつだけ賭けてルーレットを回す……。それを繰り返して先に当てた方が勝ちです」

「ふーん、いいわよ。それでいきましょ」

アリスティアもあっさりと承諾してくれた。妙に余裕があるのは気になるところだが。

（王女様にとっては勇者の兜を失うだけだから余裕ぶっているんだ。でも俺にとって兜は偉大なる第一歩！　もうこうなったら兜だけゲットでもいいや！　兜だけピカピカの勇者様ってのもキャラが立ってるし！　よし、やる気出てきたあああ！）

0から36までのどのポケットに玉が入るかは運次第、ジルにとってもアリスティアにとっても五分の勝負だが、アリスティア相手にその勝率なら充分だ。もはや勝った気になっている。

「じゃあ、玉を入れるのは交代にしましょう。まず一回目、王女様がお先にどうぞ」

ジルが賭けたのは10。アリスティアは22に賭けた。

そしてジルがホイールを回す。アリスティアが玉を手に取り、投げ入れる……。

（ふふっ、さすがのアリスティア王女といえど、好きなポケットに玉を放り込むことなんてできまい！）

熟練のディーラーならそんなイカサマも可能……なんてのは素人の思い込みだ。実際に玉を放り込んでみればわかるが、ポケットにたやすく弾かれる軽い玉を思い通りに制御するなんてのは、魔法でも使わない限りあり得ない。そしてこのルーレット台には、魔法によるイカサマを防ぐための術があらかじめかけられている。

カン、カカカカッ……。

小気味よい音が鳴り響き、二人はじーっとそれが止まるのを待つ。

玉が入ったのは……11の番号。二人ともハズレだ。

（と、隣の番号とか！　惜しすぎる！　ま、まぁ、ちょっとホッとしたけど……）

数秒前に「玉の制御なんてムリ！」と自信満々に思っていたジルだが、実際はちょっと心配だったりした。意外に気が小さい。

「むっ！　なんだかトゲのある言い方を……次は当てますけどね！」

「じゃあ次は『自信満々の勇者さん』の番ね」

今度は30へ賭けた。アリスティアは23に。

今度はジルが玉を投げ入れ、カラカラカラ……と再び緊迫の一瞬。

「あら、15ね。またハズレ」

「ですね。サクサクいきましょう」

まあ、焦らずともそのうち当たるはずだ。そしてきっと自分が当たる。

そんな期待を含んだ予感を感じて、ジルは20の数字上へチップを置く。

「ふふーん、勇者様はキリのいい番号が好きなのかしら？」

「そう言う王女様だって、また22ですか？　同じ番号に賭けた方が出やすいとでも？」

バチバチと火花を散らして三度目の勝負。

カラカラカラ……カコン！　と気持ちのいい音が鳴ったのは5のポケット。

またハズレだ。

「じゃあわたしはもう一度23で」

「じゃあ俺は35で」

アリスティア王女はさっきから22と23の番号を交互にベットしている。おそらく、好きな数字なのだろう。

対する自分はここまでキリのいい番号に賭けていたが、

(末尾が5の数字が続いたので先読みして35にしとこう。そこそこキリもいいし)

という安直な考え。

どんな考えがあろうと勝負は五分と五分。それぞれの思惑を乗せて、ホイールが四度目の回転を始めた。

カラカラカラ……。だんだん長く感じられてくる玉の弾かれる音に耳を澄まし、高速で流れていくホイールの数字に目を凝らす……。

そして、ポケットに玉が落ちる運命の甲高い音がした。

「そ、んな……」

「わたしの勝ちね」

アリスティア王女がすうっと目を細める。

「……そうね、運勝負に持ち込んだのはわかるし、そういう点ではなかなかいい勝負だったけれど……勇者殿もまだまだよね～」

うふふっ、と楽しげな笑い声を背に、ジルはがくりと崩れ落ちる。

「な、なぜだ……。根拠はないけど、なんとなく勝てるような予感がしてたのに！」

幸運の勇者と呼ばれた自分が、幸運を掴めずにこんな苦渋を何度も何度も……。

「だから甘いのよ。ほら、ここを見てごらんなさい」

「は？　なにを見ろって……」

王女が指差したのはルーレットのホイール。というか、さっきから王女が賭け続けていた23番のポケットだ。

「……ん？　んんんん～？」

よく見ると、そこには汚れがついていた。建物が雨漏りでもしたのか、落ちた水滴が乾いたような跡があり、そこに埃がこびりついてしまっている。赤い色のポケットならそれなりに目立つ汚れだろうが、23は黒いポケット。気付かなかった。

「まさか……これに引っかかって？　それを狙って？」

「それだけじゃないわよ。玉の方も汚れてたもの。弾かれにくく、引っかかりやすくなってたのよ」

つまり、すべて計算尽くだったというのだろうか。

「でも、23だけじゃなくて22番にも賭けてたし……。ホイール上では離れてるのに……」

そうなのだ。ホイールに並んだ数字は連番ではなくバラバラ。だから22と23の位置もずいぶん離れているし、だからこそ「単に好きな数字なんだろう」と思ったのに。

「うふふー。そこが腕の見せ所よね。23番にばかり賭けていたら、あなただって不審に思うかもしれないでしょう？　だから好きな数字に賭けてるように演出したのよ」

「…………はあぁぁぁぁ!?　それってイカサマだよ！」

「失礼ね、そんなのイカサマのうちに入らないわよ。こういうことが起こらないように、ちゃんと台を整備しておくのもカジノ側の責任よ」

「くうぅぅぅ……」

　確かにそうなのだろう。なにしろ、汚れがあったからといって23番に入るとは限らないのは最初の数回で実証済み。先にジルが当たる可能性だってあったのだ。

　ジルが勝つ確率よりも、「23番ポケットに汚れがある」という情報を持つアリスティア王女が勝つ確率の方が、わずかに上回っていたというだけ。

　彼女にだって負ける可能性はあったのに、そうならなかったのは、これはやはり経験と運、つまり実力の差としか言いようがない。

「次は、このカジノを開業できたら勝負してあげるわね」

　どこか嬉しそうにそんなことを言い放って。

　うなだれるジルを背に、アリスティア王女は颯爽と立ち去っていった。

※

「あら、それで負けちゃったの？　わたくしだったら、一回で当ててみせるのに」

「そんな強運があるの、女王様だけですよ……」

今日は夜のお忍びとなった恒例の逢瀬。書類とにらめっこしているジルの横にはラウラ女王が座っている。

が、その手はというと、相変わらずジルの股間へ。

「人集めは順調みたいですね。もうこんなに集まったのですか」

手元の紙を覗き込んで女王が尋ねてきた。

「あの、おちんちんをいじりながら、よくそんなふうに普通に会話できますね……？」

ペニスが引っぱりだされて、人差し指の腹で亀頭がいいこいいこされている。

くすぐったいような、ムズムズするような、もどかしい快感に邪魔されてしまって、こっちは考え事をするどころではないのに。

「んふ、それは年の功ですわね」

「そうですか……。まあ、とりあえず頭数は揃いそうなんです。でも、細かい仕事を任せられるだけの人はなかなかいなくて……うっ！」

きゅっと亀頭を手の平に包み込まれて、ぞくりとしてしまった。

「うぅん、そうですねぇ。確かに、そうすぐには見つからないでしょうけれど」

と言いながら女王様は服をはだけ始める。

最近お忍びで会う時によく目にするドレスをはだけ、豊満な乳房がむにゅりと溢れた。

「あ、あの……」

戸惑うジルの声を無視してソファーから床に降り、膝をついて……。

自分の乳房を捧げ持った彼女は、いまだにソファーに座ったままのジルの両足の間へ。

ぴーんと天に向かって反り返ったペニスを、その柔肉で包み込む。

「うっ、わ……！　そ、そんなことしてくれなくてもっ！」

一国の女王を足元に跪かせて奉仕を受けるなんて、さすがに行き過ぎてる。

(とは思うのに気持ち、いいいっ！)

人肌に包まれる心地よさ、むにゅっとひしゃげる肉の感触、上目遣いに反応を窺ってくる年上の女性の落ち着いた美貌……。

それに加えて不敬な行為に背徳感を感じてしまうからか、ペニスはギンギンに硬くなってしまっている。

「そうですね……わたしの方で口利きしてみましょう」

「え？　な、なにがですか？」

と呟いてから、さっきの話の続きだと理解した。スリスリと柔肉の擦れる感触でこっちは頭がいっぱいだというのに、まったく女王様には敵わない。

「元侍女には、そういった細かい仕事に長けている者が多いのです。結婚して王宮を下がった者達に声をかけて、しばらく手伝ってくれるように頼んでみましょう」

「え、そ、それは助かります……っうあ！」

深い谷間に挟み込まれた男性器が、押し寄せる圧迫感と期待感に震え上がる。

「でも、そうですね……。雑事のお手伝いならそれで済むでしょうが、侍女ですから、お金の管理まではできないかもしれません。元官吏で手伝ってくれそうな人は思い浮かびませんし、現役の役人に手伝わせるわけにもいきませんし……」

「そ、そうなんです。一番困ってるのがそこで……っ！　はぁ、はぁ……なににどれくらいお金がかかるか、それだけの収入が見込めるか、計算するだけでも仕事が膨大で……。そ、そういったことを安心して任せられる人がいればいいんですけど……くぅっ！」

ぎゅっと押しつけられた乳房に裏スジを擦られて、ジルが喘ぐように震える。

「んっ、どうです？　ジル殿、気持ちよいですか？」

今度はエッチに関しての問いかけだ。ねっとりした上目遣いが異様に色っぽい。

「は、はい。気持ち、いいです……！」

ずりゅっと滑る感覚と、コリコリとしたものに肉茎が擦られる感覚。女王が自分の乳房に手を添えて、両側から柔肉を巻き込むようにペニスを挟んだせいで、たまに擦れる乳首がぷにっと弾力感のある感触を混ぜてくる。

それが亀頭のへりや、裏スジの部分に当たってしまうたび、ぴくっと身体を跳ねさせずにはいられない。

しかもわずかに汗の湿りを帯びた乳房肉が、吸いつくような感覚を生み始めている。

「んふ……あっ、わたくしも、こうしていると……んんっ！」

捏ねるような彼女の手の動きが、次第に激しさを増していく。

「こうしてジル殿に喜んでもらえるのが、なんだか、んっ、こ、心地よいのです……っふ、はぁ、はぁ……。胸の中がチリチリして……っ」

密着感も増して、柔肉のうねりも増す。にゅるりとまとわりつく肉感に、じっとしていられない。ジルの腰にもジリジリと炙られるような感覚が募ってくる。

「んっ、はぁ……い、いいですよ。このまま出してしまってくださいね」

「でもそれだと……うっ！　か、顔や服に……」

ピクピクと震えて脈動を強くするペニスから射精の気配を感じたのだろうが、彼女の言うままに出してしまっては、その顔に精液が撒き散らされることになる。

（女王様、に……俺の精液を……）

想像して、その卑猥な光景に背筋が震えた。

「ジル殿はそんなこと気にせず……」

にゅるにゅると擦れる感覚が一段と早まる。一回擦られるたび、ペニスがざわりざわりと蠢く錯覚の痺れが走る。もう、そんなに長くは持たない。

（やばい、もう……出る……）

無理やりにでも女王を引きはがすか、それともこのまま出してしまうか。選択肢があるようで、実際のところそんなものはなかった。

ずるりと滑った柔肉が、ペニスの全方位をぐるりと取り囲んだ。そしてトドメとばかりに圧迫し、そのまま……。

ずるるっ、むにににっ！

強烈な摩擦感に男の中心部を擦り上げられ、背を揺らすほどに激しい痺れが走った。

「うあっ！　で、出る……っ！」

自ら腰を突き上げるようにして、ジルは限界に。

どくくくくっ！　どぴゅっ！　どぴゅぴゅっ！　どぷぷぷっ！

「んっ!?　あ……あぁ……出ています。すごい勢いですね……」

断続的な噴火をうっとり見つめるラウラ女王の顔に、びちゃびちゃと白濁の雨が降る。

(思った通り、すごくいやらしい……)

形のよい鼻筋にも、なだらかな頬や額にも、どろりとした卑猥な液体を流す女王を見てジルは胸がいっぱいになる。

「んふふ……どうせ汚れてしまいましたし……」

足を広げて座るジルの身体を這い上るようにして、ラウラ女王が抱きついてくる。半萎えのペニスが陰嚢ごと手の平に包まれ、にゅるにゅると揉み上げられていた。

どうやら自分も満足させてほしいようだ。

（うう、考えなきゃいけないことがたくさんあるのに……）

今夜は疲れてそれどころではなくなりそうだ。

（信頼できて、お金の管理を任せられる人、か……）

当面の問題はそれだ。

だが、ジルにだって、そのあてがまったくないわけではなかった。

第三章　クライングコール

数日が経過して。少しは馴染みの出てきた街並みを眺めながらジルが向かった先は、アリスティアが経営するカジノだった。

（ソフィー、ちゃんと働いてるかな……。いやそれ以前に、怒ってないかな……）

当たり前だが、怒っているだろう。

なにしろ、ジルが無謀なギャンブルに手を出したせいで、このカジノで働くことになっているのだから。勇者の旅に同行するため騎士を辞し、ジルをずっと支えてきてくれた彼女としては、憤懣やるかたないに違いない。

たとえ勇者のお目付役としての責任感があったとはいえ、なにしろ旅の間はソフィーに頼りきりだった。特に、お金に関しては。

（ソフィーは頭がいいからなぁ……）

なんでもそつなくこなす彼女だが、お金の管理に対してもしっかりしている。節約すべき時は節約し、緩めるべき時は緩める。だから旅の間は安心していられたし、もし経理事務をやらせてもかなりのものだとジルは思っていた。

ジルがワガママを言ってアリスティアとの勝負にこだわりさえしなければ、今頃もっといい方向に物事が転んでいたのかもしれない。だからこそ会うのがちょっと怖いわけだが……過ぎたことを悔やんでも仕方ない。

（よし、行くか）

久しぶりに入るカジノは、相変わらず日も高いうちから盛況だった。開店準備すらままならない、どこかの貧乏カジノとは大違いだ。

※

「で、ソフィーさんを取り返しにきた、と。そういうわけね？」

小柄な彼女には似つかわしくない執務机に座ったアリスティア王女は、来客用のソファーに縮こまっているジルにジロリとした目を向ける。

「取り返すというか、ちょっとだけ貸してほしいというか……」

「ないわね。わたしは約束を守らない人は嫌いなの。そして、借金を踏み倒そうとする人も同じよ？」

黙っていればお上品で、可愛らしいお人形さんに見える王女様も、ことカジノに関しては……というかお金に関しては、玄人はだしのシビアな判断を見せる。

「いやいやいや、踏み倒す気はないんですよ？　ただ、どうしても代わりの人材が見つからなくて……」

このお姫様にはすでに事情を話した。

つまり、とりあえずの働き手は揃ったものの、経理事務に関してはどうしても専門の知識が必要で、自分には逆立ちしても無理だということ。しかも、初めて雇う人にそんな重大な仕事を任せるのは安心できない、ということも。

「そうね、確かにどこの馬の骨ともわからない人間にお金の管理を任せて、持ち逃げでもされた日には目も当てられないわね」

「でしょう？　かといって俺には、ソフィー以外に信頼できる知人なんていません」

「でもわたしだって、どこの馬の骨ともわからない勇者様にお金を預けて、それなりに働かせてるわよ？　わたしを見習ったら？」

「うぐ！　そ、それは……」

痛いところを突かれたが、自分の場合はやむにやまれぬ事情があるから従っているだけであって……。というか、馬の骨扱いとは酷すぎる。

その時、こんこん、とドアをノックする音が。

「あ、来たみたいね。その話の続きは、彼女を交えてすることにしましょ」

アリスティアに呼ばれ、話題の中心にいたポニーテールの人物が姿を現した。

「あの、お呼びと伺いましたが、なんの御用で――」

彼女らしい堅苦しい挨拶とともに軽く一礼して入ってきたソフィーが、部屋の中にジルの姿を見つけて動きを止める。

「……や、やあ、一週間ぶり、くらいだっけ？」

ジルもまた、なんだかぎこちない挨拶。怒っているであろうソフィーと顔を合わせづらい、というのもあったが、今となってはむしろそれは些事だ。

（なんつー格好をしてるんだ……）

そういえばこの前、アリスティア王女が「ソフィーは給仕として働いてる」と言っていた。それ以上詳しくは聞いていなかったし、想像もしていなかったが……。

ソフィーは、ぴっちりと身体のラインを浮かせるワンピース水着のような服装だった。露出は高いのに蝶ネクタイやカフスだけは付いている。網の目のタイツに包まれた足は、彼女の引き締まった足の稜線を強調するかのよう。

極めつきは、頭の上にある動物的なヘアバンドだ。その飾りがなんの動物を模しているのかは一目でわかる。ウサギだ。

（た、旅の噂に聞いたことがあるぞ⁉　これは伝説の……バニーガール！）

かつて栄えた古の王国に、女の子がこの格好で男性をもてなす伝統があったとかなんとか、そんな伝説がある。アリスティア王女は、それを現代に甦らせたというのか。

「そ、そんなにジロジロ見ないで！　……ください！」

ジルに鋭い視線を向けたソフィーは顔が真っ赤。ぶすっとした表情のまま身体を隠すようにソファーの隅に腰掛けた。

王女様がクスッと笑って説明してくれる。

「似合ってるでしょ？　以前からカジノではこの服装で給仕をさせようと思っていたんだけど、なかなか導入のきっかけがなくてね。でもソフィーさんが率先して着てくれたから、今では他の給仕のみんなもこれを着ているのよ」

「ほ、ほほう……」

ジルが相づちを打つと、ソフィーが慌てて口を挟んできた。

「ち、違いますからね！　これはお仕事だからって、仕方ないから着ているだけで……！　そもそもジルが借金なんて作らなければこんなことには！」

「ま、まあまあ……似合ってるからいいじゃないか。ほら、そんなにエッチな格好じゃないよ？　露出だってよく見ればそんなに高くもないし……」

「うるさい！」

いつも丁寧口調なソフィーじゃなくなっているということは、かなり切羽詰まっている証だ。それ以上ヘタに口を出すのは危険と見て、ジルはアリスティアの方を向く。

「と、ところで。さっきの話の続きですけど」

「そうそう、ソフィーさんが来たところで、具体的な話に入りましょうか」

アリスティアは、ジルがここに来た理由を手早く説明。ソフィーが落ち着いたところで、今度はジルに向かってゆっくりと口を開いた。

「借金の半分を返してくれたら、ソフィーさんを貸し出してもいいわよ？　彼女はあなたが逃げないようにする人質でもあるわけだから、それくらいはしてもらわないと」

「は、半分？　それは……」

ハッキリ言って、半分だろうが三分の一だろうが無理な話だ。

立場上はカジノのオーナーであるとはいえ、まだ開業もしていない、一銭たりともお金を稼いでいない自分が無一文なことに変わりはない。預かった準備金を切り崩せば半分くらい返せないこともないが、それを王女は許さないだろうし、許されたところで開業資金が足りなくなって詰んでしまう。

「ま、無理でしょうね。だから代案を考えてみたの」

「そ、そっちでお願いします」

一も二もなく飛びつくジル。そこに「もっと慎重に考えてください！」との念話が伝わってきそうな、ソフィーのジト目視線が飛んできた。

「し、仕方ないだろ。とにかくカジノを開業しないことには始まらないんだから！」

「まあ、そういうことよね。あなたも一応はカジノオーナーとして働いているみたいだし、それを評価しての譲歩よ。ソフィーさんも諦めるように」

アリスティア王女からの思わぬフォローもあって、ソフィーはぷいとそっぽを向いてしまった。ただ、なんだろう……？

（諦めろなんて言うってことは、ソフィーにもなにかさせるってことか？）

なんだか引っかかる言い回しだった。

「気付いた？　さっきのあなた達を見ていて、ちょっと面白いことを思いついたのよねー」

と嬉しそうにアリスティア姫。

「これから、勇者殿とわたしとでポーカーの勝負をしましょう」

と少しかしこまった口調で言い放った。

「それってつまり……。今回は勇者装備を賭けてではなく、ソフィーの身柄を返してもらえる、って条件で勝負するってことですか？　それは助かりますけど……」

なんとなくだが、これまでの経緯を見るに王女様はカードゲームが得意なようだ。だが、たとえ勝ち目が薄くてもチャンスをもらえるだけでありがたい。

ひとつ気になることがあるとすれば、この条件がさっきまでの「借金を半分返せ」という条件に比べたら甘すぎることだ。

それだけ自信があって絶対に負ける気がしない、というのもあるのだろうけれど、お金にシビアな彼女らしくなかった。

するとアリスティア王女は、一本指を立てて「チッチッ」と気取った仕草で応じた。

「もちろんそれだけじゃないわ。前からやってみたかった特殊な勝負形式があるから、そのルールでの勝負よ。あなた達にもリスクを負ってもらいます」

「特殊な勝負形式……？　リスクっていうと、まさかまた借金を……？」

「お金を賭けるんじゃ普通すぎるでしょう？　違うわ」

というと、なんだろう。こちらとしては賭けられるモノなどなにも持っていないのに。

「服を賭けるの」

「……は？」

お金を賭けることに比べてずいぶんランクダウンした要求に聞こえて、思わず間の抜けた声で応じてしまったが……。一瞬遅れて「まさか」と息を呑んだ。

「そ、それって、もしかして……！　旅の噂に聞いたことがある！」

「ふふふ、そうよ。ひと勝負ごとに敗者が一枚ずつ服を脱いでいく特殊ルール……。カジノ界でも知る人ぞ知るマイナールールよ！」

どーん！　と指を突き出して宣言するアリスティア王女の背後に、王族としてのオーラが沸き上がるのを見た気がした。

「カジノ界に生きる者としては一度は経験してみたいルールの勝負だったのよ。でもほら、王女としての立場もあるし……ある程度は気心の知れた相手じゃないとね。こんな機会でもなければ、一生チャンスが巡ってこないわ」

上機嫌のアリスティアだが、眉根にシワを寄せたソフィーが苦言を呈す。

「ま、待ってください王女！　それでは、ジルに負けたら王女が服を脱いでいく、ということにもなってしまいますよ⁉」

「だって、負けないもの」

そしてソフィーの杞憂はあっさりと否定された。

「さすがにわたしだってそんな破廉恥な真似はしたくないけれど、そもそもこんな頼りない勇者様には負ける気がしないもの」

「そ、それはそうかもしれませんが……」

言いくるめられるソフィーという珍しい光景は面白かったが、それはそれで「ジルが勝てるわけがない」と納得していることでもあるので、少し複雑だ。

「ふふっ、でもね、こう見えて毎日特訓してるんですよ。負ける気はありませんからね！」

お忍びの女王から鍛えてもらっていることは秘密だし、特訓の合間にエッチなことをするというより、エッチの合間に特訓する感じになってしまっているが。

（それでも、あの強運の女王相手に特訓してるんだから上達してるはず！　す、少なくとも、以前のブラックジャックの時よりはいい勝負になるはずだし。ルーレットの負けはノーカンってことで……う、運がよければ勝てるって！）

前回までの勝負が脳裏にちらついた途端に、どんどん自分の中の自信が喪失していくのを感じた。だが、ここが勝負所だと自分を叱咤して無理やり奮起する。

「あら言うじゃない。でも、ひとつだけ補足すると、脱ぐのはあなたじゃないわ。ソフィーさんに脱いでもらうから」

「…………」

その言葉を頭の中で嚙み砕くために黙考してしまったジルに変わって「はい？」と間の抜けた声を出してくれたのはソフィーだ。

「ちょ、ちょっと待ってください！　そそそ、そんな条件、受け入れられるわけがっ！」

「それじゃソフィーさんは今までどおりここで働いて、この勇者様はいつまでも儲けの出ないカジノとともに一生ここに縛りつけられることになるわね」

「で、でもでもでもっ……」

「いいじゃない、恋人同士なんでしょ？　裸くらい見られたってどうってことないわよ」

他人事だと思って気軽に言ってくれる王女様だったが。

（ん？　恋人同士？）

今、変な単語を聞いた気がする。

「ちちち違いますからっ！　何度も言ってますけどっ！　ジルとはそういう関係じゃありませんからっ！」

慌てて否定しているソフィーの反応から、ようやく事態が呑み込めた。

どうやらこのお姫様は、自分とソフィーとが恋人関係にあると勘違いしているようだ。

そして、それを否定するソフィーの言葉を照れ隠しだと思い込んでいる。

「あの……俺とソフィーとは、本当に恋人同士なんかじゃありませんよ？　彼女は、王様に言われて俺の旅についてきてくれてるだけで……」

「む……」

自分で否定したくせになぜか不満がありそうなソフィーだが。

「……そうなの？　なんだ、ソフィーさんのことだから照れ隠しなのかと思ってたわ」

ジルにも同じことを言われて、王女もようやく納得したようだ。

「だから彼女に脱いでもらうのは気が引けますよ。ここは俺が一肌脱ぎますから」

「それ、脱ぎたがってるみたいに聞こえて、すごく気持ち悪いわよ？　ソフィーさんは恥ずかしがってくれるから面白いんじゃない。あなたじゃダメ」

せっかく男気を見せたのに一蹴されてしまった。

「し、しかしですね。私としても、どうせジルが負ける勝負に駆り出されるのは不本意といいますか……な、納得がいきません！」

とうとうハッキリと「どうせ負ける」とぶっちゃけたソフィーにつっこむ間もなく。アリスティア王女はソフィーを試すような視線に。

「そう？　残念だわ……。この条件を呑んでくれたら、ハンデをつけてあげようかと思ってたのに。これなら勇者様にも勝ち目があるかもしれないのになぁ……」

はたから聞いているとあからさまに「今思いついた」といった感じだが、ソフィーを釣ることには成功したようだ。

「ハ、ハンデですか？　本当に？」

「ええ、負けたら脱いでいくルールはそのままだけど、ポーカーのルールの方にハンデをつけてあげる。こっちが負けた場合のレートだけ二倍にしてあげるわ」

初めてカジノに来た時にルールは一通りおぼえたソフィーだが、この伝説の脱衣ルールに関しては詳しくないらしい。「どういうことですか！　説明を！」といった顔でジルを睨みつけてくる。

「つまり、王女様はチップ一枚で服を二枚脱ぐ、ってことですよね？」

「そういうことね」

ポーカーではひと勝負ごとに手持ちのチップを賭ける。そしてこの特殊ルールの場合は、そのチップ一枚が衣類一枚に相当するわけだ。

だがそこにハンデをつけて、王女の場合はチップ一枚負けるごとに衣類を二枚脱ぐ、という提案である。

ただ、一見すると条件のよさそうなこの提案にも、ひとつ落とし穴があった。

ジルはちらりと王女の服装を見て、そしてソフィーのバニー衣装を見る。

(どう考えてもこっちが不利だもんな)

かたや複雑なコルセットドレス。かたやバニーガール。こっちはチップ十枚分負けたら丸裸にされてしまいそうなくらい衣類のパーツが少ないのに、向こうは二十枚くらいは負けても余裕だ。小分けに脱げばもうちょっと大丈夫かもしれない。

さすがに頭がいいだけあって、ソフィーもそれに気付いたらしい。

「それでもようやく互角になるかどうかじゃないですか！　騙されませんよ！」

「あら気付いた？　さすがはソフィーさん、聡明ね」

弄ばれてげっそりしているソフィーと比べて、王女様はずいぶん楽しそうだ。

（でも、確かにこの条件じゃなぁ。王女を相手に何回勝てるかわからないのに……）

いくら勝負勘の鋭いアリスティア王女といえど、運子の悪い時はあるはず。そのチャンスを生かせれば……現実的に考えて、三回に一回程度なら勝つチャンスがあるんじゃないか、とジルは思っている。

（せめてそれくらいなら、いい勝負になりそうなんだけどな……）

不可能な借金返済を求められるよりはましとはいえ、現状では勝ち目が薄い。

……と考え込むジルだったが。

「しょうがないわね。じゃあさらに譲歩してあげる。レート関係なく、わたしが三回負けたらそっちの勝ちにしてあげるわ。その代わり、ソフィーさんがなにを脱ぐかはわたしが指定するけど。それなら拮抗した、いい勝負に――」

「その条件、乗ったあああっ！」

ジルは即座に返事をしていた。

「ちょ、ちょっとジル！　もうギャンブルで物事を決めるのは……」

「ああソフィー、心配しなくても大丈夫！　なんとかなる！」

なにしろ、条件が一気に緩くなった。

チップ一枚で衣類一枚脱ぐということは、こちらはチップ十枚くらい負けた時点で丸裸になってしまう。だがそれまでに三回勝てればこちらの勝利だ。

つまり、三回に一回の割合で勝てばいい。それは、さっきジルが思い浮かべていた条件にぴったりだった。

「納得できたみたいね。さぁ、準備しましょうか♪」

ハンデ有りの勝負とはいえ、アリスティア王女に初めて勝てそうな機会がやってきた。

楽しげにカードを取り出す王女と、初勝利に執念を燃やすジルと、不安げに勇者を見つめるソフィー。三者三様の思惑を載せたテーブルに、カードが重ねられた。

※

ジルとアリスティアは、来客用のテーブルを挟んで向かいあう形で座っている。

そしてソフィーはというと、テーブルの脇、二人の横合いに立ってカードの並ぶテーブルを見おろしていた。

（痛い痛い……）

ジルは、自分が座っているソファーにすごい密度でトゲが生えているような気がした。

いわゆる、針のむしろという心境だ。

（視線がっ、痛い！　ソフィー、そんなに睨まなくても！　自分でも分かってるから！）

ジルから見て斜め前方に立つソフィーは、視線だけで呪いでもかけそうな勢いで睨みつけてくる。その格好は、すでに半裸と言っていい。

事前の約束どおり、なにを脱ぐかはアリスティアの指定によって決められた。

手首に付けてある左右のカフスを真っ先に外させたのは、たぶん王女様なりの気遣いだろう。だが、そこからは容赦なかった。

パンプスも左右とも脱いでしまっているし、蝶ネクタイもほどいて今は首にかけられてしまっている。ポニーテールを飾るリボンもほどいたし、ついさっき、胴を包むレオタードが胸の下まで引きずり下ろされた。

「レオタードは大きいから二枚分ってことにしましょう」というアリスティアの提案だったが、明らかにその方がソフィーが恥ずかしがるのを理解している。

生真面目なソフィーの性格だと、一気にひん剥いてしまったらむしろ自暴自棄になって開き直ってしまうかもしれない。そうさせないように、じわじわと事を進めているのだ。

（なんという策士……恐ろしいよ俺は）

そして、あまりにも考えなしだった自分の浅はかさも恐ろしい。

アリスティア王女が最初に言ったように、勝負はポーカーで行われている。

(そこにまさかこんな落とし穴があったなんて……！)

震える手でカードをたぐり寄せ、手元を見た。

(よし、今度はツイてる！　これでツーペア……相手はどう出てくるか)

後攻のアリスティアも新たに二枚を手札に加えていた。その表情を読み取ろうとしたジルがじーっと王女の顔を見ると……ニヤリ、と笑っている。

「レイズね」

宣言しながら場に賭けたチップにもう一枚追加してきた。

「……またですか。ずいぶん自信があるんですね」

「あら、だって勝てそうなんですもの。こういう時は強気にいかないとね」

これが落とし穴だった。

服の枚数差やハンデにばかり目が行って、ポーカーそのもののルールについての考慮がすっぽり抜け落ちていたのだ。

まず、ポーカーとは自分の手札を見てから賭け金の上乗せができるゲームだ。一回の勝負でも、レイズでレートがつり上げられていればチップ数枚まとめて負けてしまうこともある。そのことをすっかり失念していた。

三回に一回勝てばいい勝負で、今は四戦目。そこまでジルは、一回は勝ちを拾うことができた。それは目論見どおりで、王女だってツイてない時はある。

だが、予定と違うのは負けが込みすぎていることだ。

レイズはひと勝負で一人一回使えるが、こちらとしては賭けチップが何枚だろうと三回勝てさえすれば勝利だ。だから、レイズしてレートをつり上げるのは無用なリスクに過ぎない。まったく意味のない行為だし、それは王女もわかっているはずだ。

だが王女にとってのレイズは別だ。

自信がある時は上乗せして高レートの勝負に持っていけるし、勝てそうにない時でも、あえてレイズすることでこちらを惑わし、うまくいけば勝負を降りさせることだってできる。

結果として、こちらは戦う前から武器をひとつ失ってしまっていた。

騙しあいのゲームであるポーカーで駆け引きがいかに重要か、この認識もまだまだ甘かったと言わざるを得ない。

そしてアリスティア王女の駆け引きは見事だった。

「さ、どうするのかしら？　降りる？　それとも勝負する？」

挑発的に目を細めてこちらを見つめる王女は、すごく楽しそうだ。

（自信がありそうだな……ここは降りた方がいいかもしれない……）

相手が強気で勝ち目がなさそうだと感じた勝負なら降りてもいい。だが、降りた時点で負けが確定し、最低でもチップ一枚を失うことになる。

この勝負は一対一のドローポーカーなので、複数人で行うカジノ内ルールとは少し勝手が違う。最初に五枚を配って、ドローは交互に三回まで。その時点でどちらかが降りていなければ、手札を見せあって勝敗が決する。

今、二回目のドローが終わったところなので、ここからジルの取れる行動は二つ。勝負を降りるか、レイズに応じてもう一度カードを引くか、だ。

葛藤しながら相手を窺うと、王女は余裕の表情だった。

「うふふ、いいわね、こういう白熱した勝負。興奮してなんだか暑く感じるわー」

なんて言いながら、ドレスの胸元を手で仰いでみせる。

(く、くそう……余裕綽々だな……)

さっきかろうじてもぎ取った一勝によって、アリスティア王女も少しだけ衣類を脱いでいる。と、言うよりも、緩めたと言うべきかもしれない。

三回の負けでこちらの勝利になるルールなので、一回負けてしまった王女は衣類の三分の一を脱いだわけだった。

が、その脱衣はというと。元々がパーツの多い服なので、ブーツのベルトを外したり、ドレスを締めるリボンを解いたり、小さなアクセサリーを外したり……といった程度で終わってしまっている。

ソフィーの脱衣も大目に見てもらっているので、それでも文句は言えない。

（い、いや違うだろ。そもそもこの勝負はソフィーを返してもらうためのものなんだから、別に、王女様の裸が見たいとかじゃないんだからね！）

そもそも、その唯一の勝利だって、ジルを挑発するためにわざと負けたんじゃないか、なんて邪推すら真実味が感じられるくらいだ。

「あの、王女様？　少し身だしなみに気をつけてはいかがですか？」

胸元が緩んでいるので、さらっと「見えそうですよ」と注意したソフィーだが、その目はジルに向かっている。もちろん「覗いてないでしょうね！」と詰問する冷たい目が。

「あら、別にこれぐらい構わないわよ？　見えないようにちゃんと計算してるしね」

……やっぱり、さっきはわざと負けたんじゃないだろうか。

（くぅぅ……俺のことを甘く見てるな！）

なんだか悔しくなってきた。

「ふ、ふーん、そうですか。俺はもうちょっとふくよかな女性の方が好みですから、見えても嬉しくないですけどね！　女王様くらい豊かな胸ならともかく！」

「なっ、なんですってぇ……」

王女様へのちょっとした反撃のつもりだったが、アリスティア王女からもソフィーからも冷たい視線が飛んできてしまった。

「ふん！　そういうことは勝負に勝ってから言いなさいよね！」

身を乗り出して指を突きつけるお姫様の胸元がふわりと広がり、緩やかな膨らみの稜線が目に飛び込んできた。そんなには大きくなさそうな胸だけれど、見えそうで見えない、このギリギリのところがなんとも……。

「……はっ!?」

胸を押さえるアリスティア王女と、修羅の形相のソフィーに睨まれ、そそくさと手元のカードに視線を逃がす。

「ジル！　さっさと勝ってください！　これ以上の負けは許しませんから！」

「だ、大丈夫だってソフィー。次こそ勝てるって……」

もう一度自分のカードを眺めた。

(い、今はまず勝つことを考えないとな。えっと……ここからどうするかだけど)

せっかくのツーペア、ここで降りたくはない。チップ一枚を失うことになるし、ソフィーも怖い。となると、勝負に応じるしかないわけだけれど……。

(うん、勝負してみるか……。運がよければフルハウスで勝ちが濃厚になるし、ツーペアのままだって、充分に勝負できるレベルだ。そんなに不利じゃないよな)

ようやく決めて、深呼吸をひとつ。

「決めました。もう一枚引きます」

　あらためて作ったポーカーフェイスを維持しつつ、王女のレイズに応じてチップを一枚追加。カードをドローし、場から新たな一枚を引いてくる。

　表情を相手に読まれないように気をつけながら、そーっとめくると……。

（あ、あああ……）

　震えそうになる手を必死に抑える。

（き……きたあああああああ！）

　フルハウスだ。ジルは心の中で歓喜の絶叫をしていた。

（か、勝てる。この勝負、勝てるぞ……！）

　フルハウス以上の役となると、フォーカードやストレートフラッシュぐらい。そんな役はそうそうできるものじゃないし、これで二回目の勝利は確実と言っていいだろう。

　あと一回勝つだけなら、なんとかなりそうな気がしてきた。

　ニヤニヤ緩んでしまいそうな顔を必死に引き締めて王女を見る。

　すると、彼女は……。

「レイズは……もちろんしないわよね。じゃあ、わたしはドローなしでいいわ。勝負ね」

「……そ、そうですか」

　ポーカーフェイスをしつつも、ドキリと心臓が跳ねる。

（ドローが必要ないってことは、つまり、五枚すべてが必要なカードってことだよな？）

となると、役は限定されてくる。少なくとも、スリーカード以下の役ではない。それがストレートやフラッシュならジルの勝ちだが、もしそれ以上の役だったら……。

（い、いや待て。ブラフの可能性だってあるんだ。王女様のことだから、こんな自信満々のふりしてブタってこともあり得るぞ？）

心臓が大きく跳ねて落ち着かない。

どくんどくんと頭蓋に響く鼓動を無視しつつ、緊張しながら手札を見せる。

「こっちは……フルハウスです」

ソフィーが「ふぅ」と安堵の吐息を漏らすのが聞こえた。この役がそれなりに強いことはちゃんと知っているだろうから、これで勝てると感じたのだろう。

だが、そこで。

「あら、あなたもなの。わたしもフルハウスよ」

「……え!?」

さらりと言った王女が手札を晒す。

確かに王女の方もフルハウスだった。

（えええぇぇぇ……そんなぁ）

と、いうことは、引き分けなのか。

「くそっ、絶対勝てると思ってたのに……」

がくっ、とうなだれたポーカーフェイスがほどけ、長い溜め息を漏らす。

（まぁ、負けなかっただけマシかもな……運気は上がってきてる気がするし）

ジルは「惜しかったなー」と呟きながら顔を上げ……そして違和感に気付いた。

「ん？　な、なに？　どうかしたのか？　ソフィー……」

残念がってしょんぼりしているかもしれない、くらいは思っていたけれど、なぜかソフィーは修羅のオーラをまとってこちらを睨んでいる。

「お……」

「お？」

「惜しかった、じゃないでしょう⁉　ジル、負けてるじゃない！」

「は？　な、なに言ってんの？」

すっかり口調の崩れたソフィーがテンパっているのは理解できるが、なぜ怒っているのかがわからない。

答えは、今にも笑いだしそうなアリスティア王女が教えてくれた。

「ま、前にも言ったと思うんだけど……カードにも強いものと弱いものがあるのよ？　ぷ、ぷぷぷっ……」

我慢できずに吹き出してしまった王女の声を聞きながら、走馬燈のように駆け巡った記憶が一週間ほど前の会話を思い出させる。

『最初に説明したでしょ。カードにも強いのと弱いのがあって、同じ役が出来上がった場合は強いカードで役を作った方が勝つって』

「……あ」

すっかり忘れてしまっていた。カードの中でもAが一番強く、次がキング、そこから順に弱くなっていって2が最弱の数字、というルールだ。

（と、いうことはまさか……）

慌てて手元のカードと王女のカードを見比べる。

「どうせ聞き流しておぼえてないでしょうけど、フルハウスの場合は三枚揃ってるカードの強弱で勝敗を決めるのよ。わたしの方は7のカード」

アリスティア王女が笑いを噛み殺した顔でカードを指差した。そして……。

「俺の方は……3」

なるほど、しっかり自分が負けている。

「……こりゃまいったなー」

「ジ、ジル？　もしかして、わざと負けているなんてこと、ないでしょうね……？」

ずり落ちそうな胸元の布地を押さえつつ、ソフィーがこめかみをピキピキと震えさせる。

露わになった胸の谷間が悩ましいけれど、それどころではない。

もし彼女が胸を押さえなければならない状況になかったら、今頃ジルの顔には青アザができているかもしれない。

「そんなわけないだろ！　これでも一生懸命……やって、あの、その、ごめんなさい」

反論したら本当に青アザができそうな剣幕なので、ジルは一瞬で委縮してしまう。

「だ、だからギャンブルなんて手を出すなって！　あれほど！　あーれーほーどー！」

「だからごめんって！」

ビクッとしながら必死に謝るジルだが、ちらりとソフィーを見て。

「だ、大丈夫！　二枚脱ぐだけだから！　ま、まだ少しは余裕が……！」

「うるさい！　バカ勇者！」

「うぐっ⁉」

普段のソフィーなら絶対に使わない言葉を投げかけられて、さすがにグサリときた。

「まぁまぁ、ソフィーさんもそのぐらいでいいじゃない。それより、さあ、脱いで脱いで」

見かねて、というわけでもないだろうが、やっと笑いが収まった王女様が催促。

「えっ、ほ、本当に脱ぐんですか⁉　わ、私……」

戸惑いながらジルをチラ見する元騎士の女の子は、その先の展開を予感してかどんどん顔が赤くなっていく。

（うっ……ほ、ホントに脱がせる気なのか？　えっと、これ以上脱ぐとなるとまずはウサミミか？　それともう一枚……うう、だめだ想像しちゃ）

チラチラとこちらを見て恥じらうソフィーは新鮮だけれど、さすがに気の毒でもある。

「じゃあこうしましょう。ソフィーさんはその勇者の背後に回って。その位置ならわたしにしか見えないから、そんなに恥ずかしくはないでしょう？」

「そ、それはそうかもしれませんが……。ジル！　絶対に振り返らないように！」

念を押してソフィーが背後に回った。

テーブルを挟んで自分と王女様がそれぞれのソファーに向かいあって座っているので、確かにこれならジルには見えない。

「その代わり、ウサミミは残してね。それがないと可愛くないから」

「ええっ⁉」

悲鳴めいた驚きを漏らすソフィーだが、「ジルのせいでこんなことに……」なんてブツブツ言いながらも、もぞもぞと動く音が聞こえてくる。

（なんだろう。すごく……興奮します）

ソフィーの裸というのは想像したことがない。

想像してはいけないような、なんとなくそんな気がしていたからだ。

（でもさすがに今は……ううっ、すごく気になる！）

振り返るな、と釘を刺されているので、せめて小さな鏡でもどこかにあるんじゃないかと部屋の中を見回す……が、そんな都合のいいものはなかった。

とはいえ、代わりのものを見つけた。

(あ、王女様のティアラに……)

いつもアリスティア王女が頭に着けているティアラはただのアクセサリーにも見えるけれど、それなりに由緒正しいものらしい。

綺麗な宝石が嵌められていて、ピカピカで、いかにも価値がありそうなのだが。

そのピカピカに、わずかに人影が反射していた。

「うふふっ、もうウサミミしか残ってない感じね。ほとんど全裸だし、これは次の勝負が最後になるかしら」

王女様がジルの背後を見ながらそんなことを言う。背後で息を呑む気配がして、ソフィーが震えた声で応じた。

「わわっ、わざわざそんなこと言わないでください！」

「スタイルはいいんだから、恥ずかしがることないんじゃないかしら。女同士なんだし」

「ジルが聞いてますから！」

そしてジルはティアラを凝視。

(おおおっ……？)

ウサミミがピョコピョコ動いているのはわかる。のだが……いかんせんティアラは小さいのでそこに映る鏡像も小さい。もう少し近ければハッキリ見えそうな……。

「さ、次の勝負を始めましょうか……って、なによ。そんなに真剣な顔して」

「はぇ？　あ、な、なんでもないですが⁉」

慌てて目を逸らした。

だがしかし。ジルの不審な行動に気付けるだけの聡明な女性がここには一人いる。

「……ジル。あなたの考えていることはわかりました。もしもう一度、同じことをしたら……私、この姿ででも自室に走って剣を取ってきますから」

「ひっ！　わ、わかりました！」

「まったく、もういいです。さっさと負けて勝負を終わらせてください。寒いので」

「…………」

もはやこの部屋に味方はいないようだ。

(くそー。俺だって精いっぱいやってるじゃないか……)

それは確かに自分が悪かった。もう、圧倒的に自分のせいだ。むしろソフィーにはなんの落ち度もない。全部全部、このダメ勇者が悪いのだ。

(うぅ、そもそも王女に勝とうなんてのが甘かったんだよな)

なんだかもう、やる気がなくなってきてしまった。

(あぁぁ……もういいや。このまま負けても……)

「じゃあ、今度はわたしからね。せいぜい頑張りなさいよ♪」

カードを配ったお姫様は楽しそうで、それを見ているとますます落ち込んでしまう。もう頑張る気力もないというのが正直なところだった。

※

「……どうなってるのよ」

「と、言われましても」

呆然とするアリスティア王女が「なにかイカサマでもしてるんじゃないの⁉」と言いながらこちらのカードを調べている。

が、正真正銘、ジルはなにもしていなかった。

「もう面倒くさくなって、適当にドローして、適当にやってただけなんですが……」

正確に言えば、「もうこうなったらソフィーを全部剥いちゃえ！　それで、間違ったとかなんとか言って覗き見ちゃえ！」くらいの気持ちだったのに。

さっきジルが晒した手札はスペードの10からAまでのカードが綺麗に揃っていた。いわゆる、ストレートフラッシュという役だ。

「偶然で、二回連続でこんな役ができるわけないじゃない！」

「ええ……それは自分でもそう思うんですけど……」

ついさっき一回目のストレートフラッシュを出した時には、まだ王女には余裕があった。

「すごいじゃないの！」なんて、むしろこっちの幸運を喜んでくれたくらいで。

「王女様、服は脱がなくてもいいですからティアラを外して向こうにやってください」

とソフィーから言われてホッとしていたのもあるだろうけれど。

それが二度目ともなると、

「むぅぅぅーっ！　納得できない！　もう一回！　もう一回勝負して！」

まるで駄々っ子のようになってしまった。

そう。ジルは二連続でストレートフラッシュを出し、逆転勝ちしてしまったのである。

「おかしいわ。そりゃわたしだって負けることはあるけど、ここぞという時には負けないだけの自信があるもの！　こんな負け方をしたのなんて、お母様との勝負以外では初めてよ……！　絶対に納得できない！　もう一度勝負しなさい！」

むきーっとなって食い下がる王女様だが、ようやく年下の少女らしい表情を見せてくれた気がした。今までずっと見下されていたような気がするだけに、なんとなく誇らしい。

ただ、そんな感慨に耽るジルはといえば妙にぐったりしている。

「勘弁してください……。それにほら、もうすっかり夜になっちゃいましたよ？　なんだかすごく疲れちゃってるので、今日のところはこれで帰りたいです……」

さっき、「じゃあ今度こそ脱いでください」と王女様に言いかけたところをソフィーに睨みつけられて阻止されたのが理由ではない。

（この感覚……やっぱりそうなのかな……）

この倦怠感にはおぼえがある。勇者としての力、幸運の力を使った時に感じる気怠さだ。

（なんで急に発動したんだろう……？　最近じゃ発動する素振りも見せなかったのに）

理由はわからない。

が、そうでなくとも今日は真剣勝負で気疲れしたので、正直なところ、さっさと帰って寝てしまいたい気分だった。

「あ、ソフィー戻ってきたみたいです！　そ、それじゃそういうことで！」

自室に行って手荷物をまとめてきたソフィーが戻ってきたので、それを理由にそそくさと執務室を出た。

「あ！　待ちなさいよ！」

背に文句をぶつけてくる王女様から逃げるように、ソフィーの手を引いて走りだす。

「あ、あの、ジル……！」

ソフィーがなにか言いたげだったが、今は後回しだ。

ジル達はそのまま王女のカジノを出て辻馬車を拾い、急いで帰路に就いたのだった。

※

「ちょっとジル、起きてくださいってば！」

「あぇ？　んんっ……、ああ、もう着いた？」

馬車を使えばそんなに時間はかからない距離だったが、その短い時間にも自分はうたた寝してしまっていたらしい。

ソフィーの声に起こされて、ジルは寝惚け眼《まなこ》を擦った。

「うーん……よく寝た……。って、なんでもうベッドに？」

馬車に乗っていたはずが、なぜか今はベッドの上。しかもなんだかスッキリしている。

「辻馬車の御者さんに手伝ってもらってここに運び込みました。でも、それから三時間も熟睡してしまって……どうやら例の力が発動したみたいですね」

「うん、そうなんだよ……。ってそんなに寝てたのか。それならもう、朝まで放っておいてくれもいいのに」

「そ、それは。わたしはどうしたらいいかよくわからなかったので……」

そういえばソフィーがこのカジノに来るのは初めてだった。住み込みの雇い人もまだいない状態だし、一人でこの部屋を探すだけでも大変だったろうに。

「ま、いいか」

ひと眠りして頭はずいぶんスッキリしている。

「じゃ、空き部屋に案内するよ。枕やシーツも余ったのがあるから、今日はそこで……」

そう言って立ち上がったジルが他の寝室に案内しようとすると。

「いえ、その前に」

腕を引っぱられてベッドに腰掛けさせられた。どすん、とベッドに尻をぶつけたジルが文句を言おうと目の前の少女を見ると。

　ソフィーの表情はぶすっとしている。もっと言えば背後に怒りのオーラが漂っていた。

「本当にこの古い建物……こんなカジノを立て直せると？」

「ああ……その話かぁ……」

　ソフィーはもう、ジルがこのカジノを押しつけられたことも、借金返済の代わりにここを立て直さなければならないことも、そのための要員として自分がここに呼ばれたことも説明されて理解している。とはいえ、いろいろと納得できないのだろう。

「借金のためだけじゃなくて、ちゃんと働けば王女様とまた勝負できるんだ。勇者の装備一式を手に入れるためにも……」

　ジルとしては、そこは大事なところだ。

「しかし、勇者ですよ？　旅をして各地を回り、魔王の復活に備えなければならない立場の人なんですよ？　それがなんで……まったく！」

「ま、まあまあ、そう興奮せずに。ほら、勇者だからなおさら借金踏み倒しなんてできないだろ？　ここはひとつ、これも旅を続けるための試練だと思って」

「試練？　ジルが情けないからこういうことになってるんでしょーがっ！」

「はい、ごもっともです」

　ヘタに口答えしない方がよさそうだ。

ソフィーのことだからジルの立場は言うまでもなく理解しているだろう。ここは我慢して愚痴を聞いてあげるべきだ。

（こりゃ相当たまってるもんなぁ……）

それはそうだ。いきなり借金のカタに働けと言われて、慣れない仕事を——あんな格好でやらされていたのだから、ソフィーとしてもモヤモヤを抱えていたのだろう。

「あれ？　そういえばソフィー、その服、着っぱなしなんだ……」

ようやく気付いたけれど、相変わらずソフィーはバニー姿のままだった。

「こ、これは、急いでいたので……。と、とにかく！　これからどうするつもりなのか聞かせてください！」

腰掛けた椅子の上で、もじもじっと身体を揺らしたソフィーが睨みつけてくる。

「あ、えーっと……。とりあえず開店の目処はついてるんだけど何個か問題があって……ソフィーにはお金の管理とか、カジノの支配人みたいな役割をしてもらえないかと。あ、もちろん俺もオーナーとしてちゃんと働くけど、その補佐というか」

「でも私、カジノのお金の流れについてまったくの無知です。ジルだってそうでしょう？」

そんなことできるわけない、と言いたげなソフィーだが。

「そこは俺が勉強しておいたから！　これは王女様には秘密なんだけど、実はラウラ女王が俺を助けてくれることになってね。王女のカジノの帳簿をこっそり見せてくれたり、人材を紹介してくれたり、いろいろ助言をもらってるんだよ」

「あの女王様が……？　確かに人の好さそうな方でしたけど……」

「そ、そうそう。娘の無茶を謝りたい、せめて裏方として手助けを、みたいな……」

さすがにエッチな関係に至っていることは言えそうもない。が、とりあえずカジノ再建に目処が立っているという話は納得してくれたようだ。

「わかりました。でも、もうひとつ聞いておかなければならないことがあります」

「……というと？」

「さっきの……王女とのゲームで発揮した勇者の力に関してです。てっきり魔物相手にしか発揮されないと思っていたのに、なんで急に勝てるんですか？　最初からあの力を発揮してくれていれば、そもそもこんなことには……ああ、もう……！」

勇者の奇跡の力に関しては確かに気になる。ソフィーの言うことも至極もっともだが。

「と言われても、自分でもよくわからないんだよな……」

元は、ジル自身がピンチに陥れば勝手に発動する力だと思っていた。

だが、最初に王女と勝負した時には発揮されず、そんなに都合のよい能力ではなかったことが判明した。だからこれまでの旅での経験から、魔の力を払うためになら発揮できるんじゃないか、と考えたわけだ。

勇者とは魔物と戦う宿命にある者、そんな人間特有の能力なのだから、なんとなく説得力がある推論に思えたのだけれど。

「私もそれが一番ありそうだと思っていましたけど。今回のことで違うと証明されました」

「だね……。今回と前回で違ったことって、なにかあったたっけかなぁ……」

考え込んでいると、同じく考え込んでいたソフィーが尋ねてくる。

「私、最近は離れていたからわかりませんけど、変わったことはありませんでしたか？」

「えっ⁉」

（まっ、まさか童貞じゃなくなったから？　なわけないか。ルーレットで負けたし……）

ちょっとドキリとしてしまったが、それはなさそうだ。

そもそも、変わったことと言ってもたくさんありすぎる。この街に来てからのすべてが、今までとは全然違うと言ってもいい。

「うーん……となると……あの時は、ソフィーにめちゃくちゃ愚痴を言われてへこんでて、王女様にもバカにされて、もうどうにでもなれーって思ってたんだよね……」

「……なんですかそれ」

ぶすっとしたソフィーが文句をつけてきたが、実際あの時はそんな気分だったのだから、それはそれでしょうがない。

「それで、もう負けるに決まってるって思って。どうせだからソフィーの裸を――」

考え事をしながらぼーっと呟いていたせいで、言ってはならないことまで呟きそうになってしまった。

　ハッとして顔を上げると、案の定、言いかけた言葉から状況をすでに察したソフィーが眉根にシワを寄せている。

「ま、まさか、ジル……本当に、私の裸を見たいがためにわざと負けて……っ⁉」

「いやいや違うよ⁉　そんなんだったら最初からストレートに負けを狙うって！　あの時はたまたまそんな気分になっちゃっただけだから！」

「じゃあなんで勝ったんですか！」

「だからそれがわからないんだってば！」

「……」「……」

　変なことを呟いたせいで話が混乱してしまった。

　しかし、少なくとも「ソフィーを脱がせようと思っていた」というのはバレてしまったようだ。ジトッとした湿っぽい目で睨みつけてくる。

「私は頑張って働いてたっていうのに、もしかしてジルはずっとそんなお気楽だったんですか……」

「そ、そうじゃなくて、俺だっていろいろ大変だったよ？　それに、あの時はめちゃくちゃへこんじゃって、ついそんな気分に……」

「そう言うなら、へこむ前に王女のティアラを凝視してたのはどうしてですかね……？」

「………えーっと」

　実に的確なツッコミに、ジルは答えに窮してしまった。

「……ん？　聞こえなかった。なんのこと？」

　だめだ、無理すぎる。これは誤魔化しきれない……。

（は、早めに謝っといた方がいいかな？）

　怒らせると怖い、というか、引きずっていつまでもグチグチ言われそうな気がする。ここはさっさと謝ってさらっと流して……。よし、ベッドから床に飛び降りると同時の土下座だ。これでいこう、そう思ったのだけれど。

　はぁぁぁぁぁ……と大きな溜め息が響き渡った。

「これでも、迎えに来てくれたことには感謝してたのに……ジルはホントにもう……」

「ご、ごめんなさ……！　んん？」

　口調がいつものお堅いものではなくなったので、一瞬、怒っているのかと思って、今にもベッドからのフライング土下座を決めそうになったのだけれど。

　なんだかそんな雰囲気じゃない。

「ジルと引き離されて働くことになって、私だって心細かったに決まってるでしょ！　迎えにきてくれた時はあれでも嬉しかったの！」

「あ、そ、そう……？」

「そうなの！　なのに、王女様相手にいいとこなしで不甲斐なく負けそうになっちゃって……そこからすごい逆転をしたから、やっぱりジルはすごい、って見直してたのに、勝てた理由もあやふやだし……はぁぁぁぁ、もう……ばかみたい」

なんだか懐かしい口調。ジルが勇者になる前はいつもこんな感じだったのだけれど。

それはともかく、怒りの方向がずれてきているような？

「もう、頭にきたからね。私だって、王様にジルのお伴を言いつけられてから、いろいろと……自分の立場とか、そういうのをずーっと考えてたんだから」

「え？　ソフィー、なにを？　よくわかんないんだけど……」

「うるさいバカ勇者！　そりゃ私の助けが必要だって言ってくれるのは嬉しいから、このカジノを立て直すのは助けてあげるけど！　でも、その代わりにもう遠慮しないから！」

「それは助かるんだけど、なにを怒ってるの？」

「う、うるさいわよ。さっきの勝負の最中にだって、チラチラいやらしい視線で私を覗き見てたくせに！　王女様のティアラを鏡代わりにもしてた！」

「はぁ？　チラチラなんて、た、たぶん見てないし！　ティアラだってたまたま目に入ってきただけで、あの、それはちょっとウソだけど」

いきなり罵倒されるし、急に話は飛ぶし。わけがわからない。

「だ、だから……！　み、見たかったんでしょ⁉　私の裸をっ……。だから負けようとしたんでしょ!?　実際にほとんど見られちゃったようなものだしっ！」

「み、見たいっていうか、どうせ負けるならそれくらいの役得はあってもいいと思ったというか……あの、さっきからなんなの？　なにを怒ってるのか、よくわからないってば」

ふと見たソフィーの顔は真っ赤。

いろいろと不満があってそれをぶちまけているのはわかるけれど、それにしたって、追い詰められているのは彼女の方に見えてしまう。

「裸を見たんだから、せせせ、責任を、取ってもらわないと……いけないじゃない！」

「えええええっ!?　な、なにしてるんだよ」

突然、ソフィーが覆い被さってきた。

ベッドに座っていたジルは押し倒される形になり、肩を押さえつけられてしまう。腰のあたりにバニーのお尻が乗り、跨がった太腿に腰から脇の下にかけてを固定され、関節をきめられたように動けなくなってしまった。

「…………え、えっと」

そしてソフィーは視線を泳がせながら、自分でもどうしていいのかわからない様子。そのくせお尻をモジモジさせるばかりで、ジルの上からどく気配もない。

（こ、これって、つまり……）

なにを求められているのかを感じて、ジルはゴクリと生唾を飲む。

（で、でも、俺とソフィーはそういう仲じゃ……）

とは思いつつも、意識したことがないと言えばウソになる。ヘタに長年の付き合いがあるだけに、なんとなくそういう関係とは縁遠いと感じていただけだ。

そう考えた途端、股間にむずりとした感覚が走った。

「あ、やば……」

つい呟いてしまったジルの股間の男性器は、こうしている今にもどんどん血流を増してきている。なにしろ真上にプニプニしたお尻があり、それがモジモジ動いていて。

（あ、あれ？　ソフィーってすごく柔らかい……）

凜々しい女戦士、元騎士のかっちりしたイメージがあるソフィーなのに、こうして初めて触れたお尻はぷりぷりしていて……。

どくんどくんどくん、と脈動が速くなるのを感じた。心臓から押し出される血も、頭の中に入り込む血も、股間を膨らませる血も、一気に勢いを増す。

「ジ、ジル……？　これって、つまり、嫌がってない、のよね？」

「えっ⁉　そ、それは……」

尻の下で急速に硬くなっているモノを感じてソフィーが尋ねてくる。

そんなハッキリ聞かれてしまうと答えに詰まるが、その通りだった。硬くなったペニスがお尻の割れ目にはまり込み、グリグリと圧迫されるのが思いのほか気持ちいい。自分からもぐいぐい押しつけたくなって、もっと言えばナマで擦りつける感触を求めてしまって、ペニスがピクピクと小さな跳躍をしてしまっている。

「あの……ジル？」

気付けば、自分の腰の上にある美少女の股間に視線は釘付けだった。

バニーガール装束の股間は、ストッキングの上に切れ込みの鋭いレオタード。たぶん、下着はつけていない。薄い布地二枚の向こうに、ソフィーの持つ女の子の部分がある。

（や、やばい、想像したらますます……！）

そこはどんなふうだろうか。スリムな彼女らしく肉付きが薄いのか、あるいは意外に大きな乳房のようにふっくらしているのか。

そう考えながら、ジルはわずかに腰を揺らしていた。

さっきまでより遥かに大きくなった肉の棒がわずかにずれ、寝そべったペニスの先端部分がお尻から前方に滑る。そこはまさにソフィーの大事な部分が隠れている場所だ。

「ひゃっ……!?　あ、あぅ……！」

途端に、ソフィーの力が抜けた。

ふるっと全身を震わせて前傾姿勢に。ぴったり沿って柔肉を包み込むレオタードの乳房が、ジルの目の前にぶら下げられる。

「ソフィー……」

　もはや条件反射で手を突き出し、彼女の身体を支えると同時に、ぷにっとした肉の塊を両手に。想像以上のボリューム感が手の平に心地よく広がる。

「ジ、ジルが……私の胸を……っ、はぁ、はぁ……」

　なぜか息を荒らげているソフィーが、夢見る少女のようなぼんやりした眼差しで呟く。嫌がる素振りも、身体を離すこともしない。

（むしろ、俺に、胸を揉んでほしいって思ってる？　そういうことなのか？）

　そう思うや、頭の中に集まる血がカーッと灼熱。感覚が研ぎ澄まされて、耳の中に自分の心臓の音が大きく響いてくる。

　手の平に感じる感じる柔らかさを探り、揉み込み、持ち上げてみる。ぷるっ、と震えて重さを伝えてくるものの中には、なんとなく引っかかりがあった。

　それが乳首らしいと感じるや、ジルは指を立ててそのあたりをきゅっと指で挟んでみる。レオタード生地にシワを寄せて、少し乱暴に乳肉をかき集めるような動作なのに、

「はぁぅううう……！　そ、そんなとこ、だめっ、んんっ！　あはっ、んんん……」

　とても嫌がっているようには見えない反応を見せて、ソフィーは緩やかに開いた唇から弱々しい声を漏らす。顔を隠すように俯かせて、彼女はきゅっと太腿を閉じようとする。

（これはもう、どう見ても感じちゃってるよ……？）

　元騎士で凜々しさがトレードマークの美少女は、震える太腿を閉じ、腰を密着させ、ま

すますお尻を押しつけてきて。

それは、火照る身体をもてあましているようにしか見えない。

（ソフィーと、したい……）

もうそれしか考えられなくなってきているジルは、片方の手を伸ばして股間へ向かわせていた。その腕がぎゅっと握られる。

「んっ！　わ、私の方がするって決めたんだから、だめっ……！」

「それってどういう……」

答えを聞くまでもなく、ソフィーは自分から動く。ジルの股間を探り、さっさと衣服を引きずり下ろしてしまった。

仰向けのジルからぴんっと立ち上がっているペニスに目を見張り、わずかに唇を震わせたソフィーだったが、やがて緩い吐息を漏らし、今度は自分の股間に指を向かわせる。

レオタードの股布を指に引っかけて乱暴にずらし、さらには下にあるストッキングをつまんでピリピリと破いて。普段の彼女からは想像できない動作にジルが目を丸くすると、

「はっ、恥ずかしい……っ。見ちゃダメ……」

なんてことを呟き、それでも動作は止めない。

破れたストッキングの股部分から、押し出されるようにぷにっとした肉が溢れている。

どうやら肉付きはよい方だったらしい。

（うわ、アソコがとんでもなくいやらしいことに……）

　柔らかそうな恥丘には、黒髪と同じさらっとした陰毛。それがねっとりと濡れて貼りついていて……ストッキングの穴から押し出されているからか、むちっと盛り上がるような秘裂もわずかに綻んでいた。

　そこから、にちゃっと糸を引いて雫が垂れ落ちる。

　初めて目にしたソフィーのそこは、凛々しくてお堅い彼女のイメージとはかけ離れた貪欲なイメージ。見た目は整っているのに、その姿にはいやらしさがつきまとう。

「み、見ないでってば……」

　弱々しい声で訴える彼女は指を震わせ、むしろもっと見てほしいかのように秘裂を押さえ込む。

　割れ目は左右にパクッと口を開き、鮮烈な桃色の粘膜をさらけ出した。

「こ、このましちゃうから……ね？」

　ソフィーは喘ぐように言って、少しだけ腰を浮かせ……。ぴとり、と肉と肉との触れあう、ぬめりと温かさのある感触をジルは感じた。

「私、ジルとしちゃう……。ずっと、こうしたかった……」

　秘めた思いを呟きながら腰を揺らし、わずかにためらいを見せたあと。

　にゅる、ず……ずずぷっ……。

少しだけ腰が落とされ、きゅっと狭い入り口が亀頭に吸いつくような感触を感じた。

「っあ……はぁ、あぁぅ……」

指の先ほど入り込んだだけなのに、ソフィーは仰向けのジルの胸に片手を置いて不安定な身体を揺らし、もう一方は股間に添えたまま深呼吸を繰り返す。

(そ、そっか。初めてだから……!)

処女膜の存在を失念していたジルがようやく気付いて、痛みを和らげるために自分もなにかすべきなのかと迷いを見せた瞬間。

ぬぶっ、ぐぐぐっ……ぬぶんっ!

「っあぁぁ! ジッ、ジルのぉ……はっ、入って、く……」

すでにペニスの先端は柔肉の海の中に沈んでいた。

「くあっ、き、キツ……」

ジルも思わず感想を漏らさずにはいられない。

女王様の内部とは違って、そこは非常に狭く感じられた。

ぬめりはあるのに締めつけが強い。ドロドロなのにぎゅっと狭まる。相反するような感触のあとにやってくるのは、腰の奥がゾクリとする強烈な快感だった。

ずるずると飲み込まれていくペニスが次第に姿を消し、やがて、二人の腰がぴたりとくっつく。接合部は熱いほどの熱気に包まれた。

同時に、くたっと倒れ込んだソフィーが抱きついてくる。

「はぁ、はぁ……、私ずっとこうしたかった……初めてがジルで、よかった……」

耳元に囁かれ、ぞくりとする言葉だった。

「ねえ、私の中は……き、気持ちいい……？」

「うっ、うん……。ソフィーの中、ヌルヌルなのにすっごく狭い……！」

彼女がはぁはぁと繰り返す吐息には、甘い香りが感じられた。

「そ、そう……。それなら、よかった」

安心したように呟いた彼女が再び身体を起こし、緩やかに腰を持ち上げていく。

ヌルヌルした肉壁にペニスが引きずられるような感覚に目を細めると、頭上のソフィーもなんだか小刻みに息を漏らしている。

「ソフィー？　もし……」

「いっ、痛くなんてないから……っ、んんん……！」

先回りして否定されたが、強がりだろう。

（ソフィーは頑固なところがあるからな……。嬉しいけど……）

いつもは手のかかる相棒だけれど、こうしてみるとそんな頑なさも可愛らしい。

（って、いつも手がかかるのは俺の方か……）

いつだってソフィーは自分のために尽くしてくれた。それが彼女の愛情表現なのだと、ジルは今頃になって気付く。

となると、目の前の少女が愛おしくてしょうがなくなった。

「無理しなくていいからな……？」

そう言っておいてから、ジルも下から手を伸ばして彼女の身体を支えてやる。

（と見せかけて、おっぱいをいじるためでもあったり……）

むにっ、とひしゃげる心地よさがクセになりそうで、ペニスも疼いてしまう。

イタズラ心も働いて、勇者様はわざとレオタードの胸部分に指を引っかけ、それをずるりと引きずり下ろした。

斜めに下ろされた生地からは溢れ出るように乳肉が溢れ出す。片方だけさらけ出された乳房というのは、妙にいやらしく感じられた。

「あっ、んんんんぅ！　こ、こらぁ……！」

緩やかにペニスの抽送を始めていたソフィーはビクッと身体を震わせるも、ジルが自分の胸に熱い視線を注いでいるのを感じてそれ以上言えない。

「ソフィーってすごくスタイルがいいと思ってたけど……胸はしっかり大きいよね……」

ぷるんと張りつめた乳房はラウラ女王に比べれば小さめだが、平均から考えたらかなり大きい方だろう。そして一番違うのはその張りと形。

どこまでも柔らかいラウラ女王に顔を埋めるのもいいけれど、こんなふうにプルプルして活きのよさそうな乳房も捨てがたい。

　形は理想型とも言える綺麗なお椀型だし、そこに指を当てていやらしくひしゃげさせるのは、男としてはたまらない。

「はぅ！　んあぁぁ……っ、しゅ、集中できなく、なるから……っ、そんなにっ……」

　ゆっくりと腰を持ち上げて、ゆっくりと下ろして。自分を慣れさせるようにその動作を繰り返していたソフィーが、ポニーテールをフルフル揺らして動きを止める。

「そっか……わかった」

　なんて頷きながらもジルは手を止めない。

　ピンクに色づく乳首は蕾を思わせるのに、わずかな力で挟んだだけでムクムクと立ち上がる。そこを二本の指で挟んで、クリクリクリっと。

「ふぁ！　つんやぁぁぁっ！　ひゃ、うぅんっ！」

　断片的に、悲鳴のように鋭い喘ぎが響いた。やっぱり胸が弱いらしい。

　だったらもっと感じさせてやるべきだろう。その方が痛みは紛れるはずだ。

「っ！　ううぅ……！　ジ、ジルってば、んはんっ！」

　涙目で責める目つきのソフィーだけれど、今は全然怖くない。拗ねているというか、甘えているようにしか感じられない。

　下乳から指でなぞり上げ、掬い上げて軽くしごくように。にゅっと伸び上がった乳首を押さえ込んで弾くように何度も擦り上げる。

「っん！　っは、はぁ、はぁ……！」

目を細めて切なげな声を矢継ぎ早に漏らすたび、さっきまでは緩やかだった腰の動きまでがスピードを上げていく。

くちゅっ、ぷちゅ、にちち……にゅるっ、ぬぷぷ！

「うあっ！　ソ、ソフィー？　そ、そんなに動かしたら」

「ジルがっ、胸ばかり触ってるからっ、あんんんっ！　やっ、乳首、そんなに引っぱらないで……っ！　っふぁぁぁ！」

動いた拍子にぎゅっとひねってしまった乳首が、ソフィーはむしろ気持ちよさそう。

そしてジルは、ただでさえきつい肉壁の中ではゆっくり動かすくらいが心地よかったのに、急に動きが激しくなったせいで一気に追い詰められてしまう。

（くぉっ……！　吸い上げられる……ううっ！）

気持ちよさのレベルが急上昇し、これではあっという間に絞り出されそう。

（そ、それはそれで、ううっ！　いいんだけどっ……！　くっ！）

初めてのソフィーに気を遣ってみせたい自分としては、自分だけ気持ちよくなっているようで引け目がある。ここはなんとか時間を稼ぎ、ソフィーにもうちょっと感じてほしいところだが。

「んあっ！　ジッ、ジルぅぅ……！　ふぁぁ、はぁ、はぁ、あうぅんっ！」

激しく喘ぐ彼女は倒れそうなほどの前傾で、跨がるジルに乳房を差し出してきた。

(うっ、こ、これって、もしかして、ものすごく感じてる？)

誘われるように乳房を口に含むと、「ひゃうっ！」と甲高い声。そして。

「ソ、ソフィー、く、うあっ！　これ、締まるっ……！」

連動して膣穴がうねり、ますます吸いついてきた。

ゾクン！　と背筋が震え、こらえられなくなる。

「ご、ごめ、俺も、動きたい……っ！」

一方的に腰を振られるだけでは我慢できず、ジルは彼女の動きに合わせて腰を跳ねさせる。ぐちゅっ！　と卑猥な水音が響いた瞬間、それまでとわずかに違う摩擦の刺激がペニスに走って、ますます腰が止まらなくなる。

にゅぶぶっ！　ぶちゅっ！　ぶちゅちゅっ！

斜めに突き込まれた肉棒が密着してくるぬめり肉との間にイヤラシイ音を立てさせ、

「ひっ！　あんんっ！　やぁっ、これ、っは、うぅぅんっ！　あぁう、いっ、きもち、いい……っ！　はぁ、ジルぅ、ジルぅ……っ！」

戸惑うような美少女の声が甘く蕩け始める。

「っはぁ、あく……擦れてっ……ジルのが擦れてきもちいっ、ひんっ！　は、恥ずかしいのにぃ……！　声、とまんないっ……！」

甲高い声が連続的に響き、ソフィーはますます身体を倒して抱きついてきた。

「あぅぅ……ジル、好きっ！　ずっとっ、好きで……ひゃんんっ！　ずっとこうしたくて……っあぁぁっ！　っはぁ、はぁ！」

胸板に乳房が潰れ、息が届く距離で視線が交錯する。仰向けのジルと覆い被さるソフィーで二人して抱きあう格好なのに、腰だけがいやらしく上下に跳ねていた。

「お、俺もっ、ソフィーのこと……っ！」

ぎゅうっと抱きしめてソフィーの存在と快感を噛み締める。

「ジルぅ……むうぅ……んむ……はぅ、ちゅ、ちゅぱっ……」

どちらからともなく舌を伸ばし、相手の舌に触れさせていた。ほんの少しの接触にも、胸の奥がざわりと歓喜のさざ波を立てる。夢中で唇を重ねた。

（あぁ、そういえば俺、キスするのは初めてだった……）

初めてなのに、こんなにいやらしいキスをしている。

舌と舌がうねり、触れあった唇を舐め上げ、舐め上げられる。そのたびに胸の奥がゾクゾクして、さらなる一体感を求めてしまう。

ジルは彼女の腰を持ち上げるようにして奥深くまでを貫く。

にゅぶぶぶぶっ！

（ううおおっ！　もう、出そう……！）

さすがに限界だ。抜くべきか、そのままか、ジルはわずかに迷い、そのまま腰の動きを激しくしていく。ソフィーも感じて——潮を吹いているのだろうか、股間のあたりにピチャピチャと温かいモノが弾けていた。

「ひっ、んんんっ！　はぁ、はぁ、ううぅぅんんっ！」

泣きそうな顔で抱きついてきて、ソフィーが唇を震わせる。

「ふぁあぁぁぁっ！　ジルぅ！　だい、好き……いっ！」

ひときわ深く突き上げた瞬間、ソフィーはポニーテールを振り乱して背筋を反らした。

大きな乳房が上下に弾け、晒された白い喉から嬌声が上がる。

「うっ、ソフィー！　で、出るううっ！」

その勢いでペニスが擦られ、ジルは限界を突破してしまった。

ざざざざっと身体の奥から湧き出てきた快楽の波が、すべてを呑み込んでいく。

どくどくどくっ！　ぴゅ、どぴゅるるるっ！　どぴゅどぴゅううっ！

「ふぁっ、あぁぁぁぁ………‼　出てるのっ、ジルっ、ああっ！　私っ、わたしぃ……！

きっ、気持ちよくてっ……！　もぉ、あぁぁぁぁっ‼」

脈絡もなく叫んだソフィーも感極まっていた。

汗にまみれた乳房を跳ねさせ、全身にぷるるっと小さな震えを走らせて——。

「っ、はぁ、は、ふぁぁぁ……あぁぁ……」

まるで石像にでもなったように硬直した彼女の身体が、大きな吐息とともにゆっくり崩れ落ちていく。

その表情には、歓喜の涙が流れていた。

第四章　オールイン

時刻はすでに夕方だが、ジルにとってはこの時間からが本番だった。

「おお、おおぉぉぉ……」

「ジル、そんなところに立っていると邪魔です」

カジノ真正面に突っ立っていたジルは脇に引っぱり寄せられ、ソフィーの隣で人の流れをぼーっと見つめる。

ツタが這っていた石壁は雰囲気を出すためそのままに、しかし魔法光がキラキラと瞬く看板は新品だ。ちょっと目を落とせばそこら中に生えていた雑草は綺麗に消え去り、土に埋もれてしまっていた石畳が玄関ホールまで綺麗に並んでいる。

「見違えるもんだなぁ……。あのボロ館が立派なカジノになるなんて」

感慨深げにジルが呟く。前に比べると親しげに接するようにはなったけれど、普段どおりに丁寧口調でお堅いままのソフィーも無言で頷いた。

一ヶ月前にはみすぼらしいだけだった館が、今は重厚でずいぶん立派な建物に見える。

「元が古いんですから、外装は無理にいじらずそのまま使いましょう」とのソフィーからの提案は実に的確。おかげで浮いた経費は内装に回すことができた。

ちょっと見は歴史ある大貴族の邸宅。それでいて、一歩足を踏み入れればアーチの天井に魔法光きらめく派手な空間。このミスマッチが実にカジノとしてハマった空間だった。

そして今日は、その新装開業の日である。

客が次から次にやってくるのを見て、ジルはいてても立ってもいられなくなってカジノの中に戻った。

左のホールでは低レートのカードゲーム。右のホールではルーレットやバカラやスロットの類。そして奥のホールは小分けにして、少人数が落ち着いてくつろげる高レートのギャンブルで揃えた。

これもソフィーの提案で、大きい代わりに雑多な印象のある王女のカジノとの差別化を図るための策だった。おかげで、こぢんまりとしたカジノだが高級感がある。

「あ、ジル君もどう？　アルコールなしの方がいいかしら？」

丸いシッポをフリフリ客に愛想を振りまいていた給仕が、ジルに気付いて飲み物を用意してくれた。

いつぞや面接した給仕だったが、今はバニーガール姿。

これは王女のカジノをそのまま模倣した。元々が姉妹店みたいなものなんだから、それくらいは許されるだろう。

心配だった従業員に関しても、こうして動きだしてみると皆よく働いてくれている。先日、親睦会を兼ねて王女のカジノのパーティーホールを貸し切りにして行われた、研修カジノ体験会のおかげだ。

ちょっとだけ様子を見に来た王女に「なにやってんの？」とでも言わんばかりの顔で睨まれたのだけれど。

（ふふふ……効果あったじゃないか）

とはいえ、これはラウラ女王の助言によるものだったわけだが。

彼女のお忍びは今も続いていて、初日なのにこれだけ客が集まっているのも女王様のおかげ。いろんなところで宣伝してくれたからだろう。

「ジル、王女様がいらっしゃいました」

ソフィーが、招待しておいたアリスティア王女を連れてきてくれた。

「王女様！　どうですか、なかなかのものだと思いませんか！」

「ちょ、ちょっと、そんな前のめりじゃなくても聞こえるわよ」

ここぞとばかりに自慢げなジルをうっとうしげに押しやりながら、それでも王女様は素直に頷いてくれた。

「ま、確かにちょっと意外なくらいにお客が入ってるわね……」

「でしょう!?」

「でも大丈夫なの？　内装にずいぶんお金をかけたみたいだし、ちゃんと収支は計算してるの？　お客に払い出せる分のお金はストックしてあるんでしょうね？」

「それはもう、ちゃんとソフィーがやりくりしてくれたので」

それについてもぬかりなし、だ。

「あと、王女様が勇者装備一式を宣伝に使ってるのを真似して、換金じゃなく品物に交換できるようにもしてるんですよ。ほら、あれなんか、三日前にソフィーと一緒に近場のダンジョンで拾ってきたアイテムなんですよ」

「え、拾ってきた？　あなた達が？」

玄関ホールの目立つところにずらりと並べられているのは、作りはよさそうなのに刃が完全に消えてしまっている古い剣だとか、むしろ呪いがかかりそうな幸運のお守りだとか、見ているだけで生気が奪われそうな変な動物の像といった品々。

普通だったら冒険者が見向きもせずダンジョンにほったらかしになっているものを、ジル達はわざわざ拾ってきたのだった。

「なにあれ……？」

「由来はわからないんですけどね、とにかく古いモノなので、もしかしたら誰か欲しがってくれるかもしれないじゃないですか。そうしたら丸儲けじゃないですか」

「あなた達、元勇者パーティーだったわね……。まあいいけど、恨まれないようにね」

「元じゃなくて現役勇者ですし、とりあえず害はないらしいので大丈夫です」

他にも王女を案内しながら、あそこの内装には凝っただとか、あの従業員はなかなか使えるだとか、いろんなことを鼻高々に話して回るジル。

だが、さっきから王女様は心ここにあらずだった。

カジノを一巡したところで、たまりかねてアリスティア王女が口を開く。

「はいはい、わかったから。それはそれとしてジル、あなた、なにか忘れていることがあるんじゃないの？」

「はい？　忘れていること？」

首をひねるジルに、後ろで控えていたソフィーが耳打ちしてくれた。

「もしかして、勇者装備を賭けるっていう勝負のことを言ってるのでは？」

「ああ、そういえばそうだ。次は開業したら勝負することになってたんだっけ」

「そう、それよ！」

ソフィーとのコソコソ話に耳聡く反応した王女が大きく頷く。

「ところでジルとソフィーさん、この前よりずいぶん仲がよくなったように見えるけど……やっぱり付き合ってるの？」

「そっ、それは！　あの、それは違いますけれど……あの、なんというか」

モジモジしてごにょごにょ言い始めたソフィーに不審げな視線を向けつつも、

「ま、それはどうでもいいわ。今日は時間があるから、三本勝負にしてあげてもいいけど？　どこか落ち着けるところに案内してちょうだい」

と言いながらも王女は勝手にすたすた歩いていく。

「ちょ、ちょっと王女様！　それならこっちのホールで！」

慌てて引き留めて、高レートギャンブルのフロアに案内することにした。それぞれ個室のようになっているから一対一で勝負するような場合にはちょうどいい。

王女とジルとソフィーとで部屋に入る。

「ふぅん、なるほど。お金持ち専用の部屋ってこと……？」

カジノ設備が置かれた空間を少しだけ眺めて、王女様は椅子にどっかと座る。

「さ、なにで勝負する？　やっぱりカードゲームがいいかしらね？　この前はポーカーだったから、ブラックジャックにしましょ。どれくらい腕前が上がったか見たいし」

なんだか矢継ぎ早の言葉で勝手に話を決めていく王女に違和感をおぼえたのは、自分だけではないようだ。

ソフィーがジルの袖を引っぱって耳元で囁く。

「王女様、ずいぶん楽しみにしてるように見えます。この前、負けたからですか？」

「ああ、そうかも……。あの時もさんざん『もう一回！』って言われたし……」

そういえば、あの時どうして勝てたのかは謎のままだ。

忙しくて考える暇もなかったけれど、結局あれから幸運能力は発揮していないし、新しい検証材料もないのでほったらかしだった。

（あれ？　……もしかしてまた勝てるんじゃないか？）

とりあえず勇者の力が消えたわけでないのは確か。となれば、今回も勝てるかもしれない。たとえば、この前までは不調で能力が発揮できなかっただけで、今は勇者の幸運が完全復活した、というだけのことかも。

（ということは、ようやく勇者装備を手に入れるチャンス⁉）

最近はカジノ開業で忙しくてすっかり忘れていたけれど、元はそれが一番大事だったのだ。そして、なんだか負ける気がしない。

（それに、女王様相手の特訓も継続中だし！）

ソフィーが戻ってからはその目を気にして肉体奉仕の回数が減った分、ギャンブル特訓には熱が入った。その分、自信もついている。

「ふっ、ふふふふ……」

急に気が大きくなったジルがテーブルに着く。

「勝負はブラックジャックでしたね？」

「……ふふん。自信がありそうね。いいわ！　この前の雪辱戦よ！　ジルが勝ったら勇者の鎧をあげる。負けたら素っ裸になってもらうからね！」

「ええっ⁉　なんで！」

「雪辱戦だからよ！　今日はジルで我慢するけど」

やっぱりこの前のことを根に持っていたらしい王女に、しかしジルは堂々と宣言する。

「くっ、いいでしょう！　負ける気がしませんからね！」

※

「あらあら……どうなってるのかしらねぇ？」

「……と、言われましても」

三本勝負を十本勝負に延長し、そこからおまけの泣きの一回にまで全敗して、股間をトレーで隠したジルはしょんぼりと肩を落とす。

（負けるにしたって、これはいくらなんでも負けすぎだろ……）

最初の頃ならともかく、少しは考えるようになって強くなれたと思ったのに。

対する王女は満面の笑み。

「ふふっ、この前のはやっぱりたまたまだったのねー、私があんな負け方するわけないもの。おかしいと思ったのよね～」

いつもより自信があっただけに、いつもより悔しい。

それを感じてか、王女はますます上機嫌に。

死霊にでも取り憑かれたようにぐったりするジルの肩にぽんと手を置き……。

「まあまあ、そんなに落ち込まないで」

「うぅ……」

「次は五万ゴールドの売り上げがたまったら勝負よ。カジノ運営に励むことね～」

王女様は上機嫌で部屋を出ていった。

啜り泣きでも聞こえてきそうな沈んだ空気の部屋に、ゆっくりと溜め息が響く。

「ジル、負けるにしてもずいぶんな負け方でしたけど……」

「い、言わないでくれ……」

これ以上ソフィーにまで落ち込むようなことを言われては、再起不能になってしまう。

「そうじゃないです。さすがに運に見放されすぎてるような気が……。もしかして、勇者の能力と関係あるのかと思って」

「……え？」

「だって、不自然なくらいツイてなさすぎです。前回のように、不運だと思っていたらとんでもない幸運を引き寄せたり、今回みたいにとことん不運だったり……。今から思えば、最初に王女と勝負した時もそんな感じだった気がします」

「確かに、なんだか両極端な感じがする……」

「もしかしたら、この国に来たことで環境が変わり、幸運の能力が不安定になってしまったのかもしれません」

「勇者として旅をしていたのにいきなりカジノのオーナーだもんな……」

「ええ。原因はわからないにしろ、少し気をつけておいた方がいいでしょうね」

ソフィーは本当に頼りになる。

ちなみに、初めての夜以来、ソフィーとはしていない。よっぽど恥ずかしかったのか自分から話題に出すこともないし、忙しくてそれどころはなかったのもあるけれど。

(でも今は、ひと言でいいから慰めが欲しい……)

しかし、あーでもないこーでもないと考え込んでしまったソフィーにはそんなつもりはなく。ジルはしばらく気持ちが沈殿したまま、復活するのに数十分の時間を要した。

※

「売り上げが目に見えて落ちています」

「……なんで？」

突然の報告にぽかーんと開いた口にムッと不満げな視線を送りつつ、ソフィーはティーポットの載ったテーブルに数字の並んだ紙を載せた。

「これを」

晴れてカジノを開業してから二週間が経っていた。

その二週間の売り上げが日ごとに分けて書かれている。

「あら、わかりやすい。毎日じわじわ落ちてるのね」

その紙を覗き込んで呟いたのは、カードを片手に持ったままのラウラ女王。

今日は昼の時間帯のお忍びで、ソフィーもいるしエッチな展開にはなりようもない。その分、ジル達は仲睦まじくギャンブル特訓に励んでいるところだった。

ソフィーはそれが気に入らない。女王様と仲がよすぎです、とばかりに、さっきからジルに厳しい視線を送っている。

「ははは……」と乾いた笑いを漏らしつつ「特訓してるんだから仕方ないじゃないか」と心の中に言い訳したジルも紙を覗き込む。

「……うん、これは確かにわかりやすい。さすがソフィー」

「じゃなくて！　ここ！　ここをもっと見てください！」

そう言ってソフィーが指差したのは一日の来店数。そんな細かい数字まで記録に取っているとは頭が下がる思いだが……。

「なるほど、売り上げは来店者の減少と比例して落ちてるわけか」

「そうです！　それとジルが昼間から遊んでいるから！」

私情を交えつつむすっとした顔で報告するソフィーだ。

「まぁまぁ、ソフィーさん。ここはわたくしに免じて許してあげて？　ジル殿が店に出ても、そんなに売り上げは上がらないと思いますよ？」

「そ、それはそうなのですけれど……と、ともかく、お客様がこのカジノに飽き始めているということです！」

ソフィーもさすがに女王には弱いらしい。丁寧な口調に戻って、今度は私情を挟まない報告を続けた。

「うーん、王女様のところと比べたら小さいカジノだからなぁ……」

「そういうことです。このカジノを気に入ってくれるお客様はいても、そう多くはありません。だからもっと、客足を維持するための方策が必要なんです」

目新しさに惹かれて通ってくれた客は、目新しさがなくなったら興味を失ってしまう。そうなったら、王女のカジノの方がこんな郊外のカジノより便利だろう。

「でも、別に客を取りあってるわけじゃないんだから……」

「このまま売り上げが落ちたら、遠からず赤字に突入しますよ!? 他国からのお客様なんて数が知れてるんですから、向こうのカジノにない要素で人寄せをしないと！」

事態の深刻さがわかってない！　とばかりにソフィーは指摘。

だが、そう言われても……。

「向こうのカジノにない要素って……。うー、難しいなぁ……」

なにしろ、規模から言っても向こうのカジノが数段上。パーティー用のホールもあるし、旅の曲芸師を呼んでショーを開いたりもしているらしいし、もし同じことをしようとしても結果は同じだろう。到底太刀打ちできない。

「お客の取りあいになっちゃうから、同じようなことをしてもキリがない……となると」

「隣国や他の都市からの新しいお客様をもっと増やせばいい、ということかしら？　そうすればアリスティアのカジノでも、こちらのカジノでも、両方で売り上げが上がって、いいことづくめですもの」

女王様が言ったように、それが理想ではあるが、

「それはもう向こうのカジノがいろいろやってるんじゃないですかね？　俺達がやれるようなことは、王女様のカジノでもやれる、というか……」

「あら、そんなことはないですよ？」

否定的な意見を述べてしまった勇者に気を悪くすることもなく、ニコッと微笑んだラウラ女王はソフィーに問いかける。

「このカジノの裏手に、大きめのホールがあるでしょう？」

「あ、はい。確かに。演劇場のようなホールがあります。今は物置になっていますけど」

それならもちろんジルも知っている。そのうち余裕が出たら演劇のショーでも、とソフィーと話していたのだが、まずはカジノとしての基本を抑えるのが大事、とほったらかしになっていた案件だ。

「あれ、演劇場ではないのよ？　闘技場なのです」

「と、闘技場⁉　というと、奴隷戦士が生き残りを賭けて戦う、あれですか？」

「いいえ、あそこにある闘技場は、モンスター同士を戦わせてどちらが勝つかに賭ける、ギャンブルに使うものなの。確かに、腕に覚えのある人間がモンスターと戦う場合もあっ

たそうだけれど」

　そんなギャンブルがあったなんて初耳だ。

「わたくしも見たことはないですよ？　でも、百年以上昔には当たり前にあったギャンブルだそうです。魔物を捕まえるのが大変で、近年になって廃れてしまったそうなの」

「おお、なんだか面白そうな賭け事じゃないですか！　そんな珍しいギャンブルが楽しめるカジノなら、他国からだってお客がいっぱい来ますよ！」

「そうでしょう？　わたくしもそう思ったのです」

　準備がかなり大変そうなのに、楽観的な二人はすっかり乗り気。

　その一方で、この場で一番冷静なソフィーはというと。

「さ、さすが女王様です！　卓見に富んだご意見、私、感服いたしました」

　むしろ一番乗り気だった。

「なんと言ってもジルは勇者。魔物相手ならこれ以上の適任はいませんね！　しかも魔物ならタダ働きさせられますから、お金もそんなにかかりません！　素晴らしい案です！」

「うふふ、ありがとうソフィーさん。なんだか照れてしまうわね」

　乗り気になった三人の中に冷静な意見を述べられる者はもはやなく。

　ジルとソフィーはその日の夕方、意気揚々と街近くにある廃墟に向かったのだった。

※

「なんで誰も止めてくれなかったんだ……」

「……わ、私のせいじゃないです」

廃墟の地下に広がる古代の洞窟ダンジョン。そこでよりどりみどりに魔物を選んで捕獲！　なんて考えていたジル達の思惑はあっさりと空振りに終わっていた。

「まさかモンスター捕獲がこんなに難しいとは……」

勇者として、冒険者として、いろんな魔物と戦ってきたジルではあったが、捕獲となると話は別だった。倒すのとも、追い払うのとも勝手が違う。

弱い魔物は知能も低い。簡単に捕らえることはできても暴れ回って手に負えない。かといって強い魔物は知能も高い。捕らえるだけでも一苦労なのに、ずる賢い彼らが人間に従うわけもなかった。ちょっと気を許した瞬間に逃げられてしまう。

「痛めつけて無理やり捕まえても、恨みを買って言うこと聞いてくれなくなるだけだしなぁ……どうしろっていうんだ」

途方に暮れたジルが焚き火をぼんやり見つめて溜め息。

「思い出しました。昔は魔物をうまく手なずけられる調教師という人達がいたらしいです。おそらく、その人達が捕まえてカジノでうまいこと働かせていたのでしょう。私達のような素人がうまく捕まえられるはずがありません」

自分が一番乗り気だったくせに、まるで他人事のように呟くソフィー。ムッとしたジルが睨むと、こほん、と咳払いしてついっと視線を逸らした。

「結局、まともに捕まえられたのはコイツだけか……」

捕獲用の大きな革袋の中でたっぷんたっぷんとたゆたう物質。餌付けに成功したと言えるのは、そもそも知能の存在すら危うい、このぷにょぷにょしたスライムだけだった。

（どうしようか……）（どうしたらいいでしょう……）

むーっと口をつぐんで考え込む二人の横で、革袋がぐにょぐにょと勝手に飛び跳ねている。

せっかくのアイデア、このままお蔵入りするのは惜しい。

だが、スライム程度のモンスターで闘技場というのもパッとしない。もっと強い魔物同士が戦ってこそ盛り上がろうというものだ。

「せめてスライムをあと何匹か連れて帰りましょう。常設ギャンブルにはできないですけど、開催回数を限った闘技場イベントとしてなら人寄せになるかもしれません」

ソフィーの案は妥協案としてはわかるけれど。

「でも、スライム対スライムじゃ大変なことになるぞ。どっちが勝ったのかすらわからなくなりそうだし……仲よくくっついて融合しそうだし」

最低でもせめてもう一匹、スライムとは違う弱いモンスターが欲しいけれど。

その時、ジルの脳裏に閃きが走った。

「……あ、そうだ。いいこと考えた！」

「なんです？」

「女王様の言葉を思い出したんだよ。ほら、昔は人間とモンスターの戦いもしてた、って」

「でも相手はスライム一匹ですよ？　それが十四二十四を相手にするなら少しは見栄えもするかもしれませんけど、数匹程度じゃ弱すぎて、とても見世物になるとは……」

ソフィーの懸念はわかる。が、ジルの閃きの本質はそこではない。

「だから、人間側にハンデをつけるんだよ。雰囲気で盛り上がるように演出するんだ。元がボロ屋敷だったカジノを重厚感で演出したみたいに」

「…………なるほど」

カジノの外装内装の方針は、元々はソフィーの案だ。それを闘技場でも使えばいい。

「華麗なる女戦士とスライムの戦いって、見た目にも華がありそうな気がしないか？　まともにやったらすぐ勝負がついちゃうから……ここはやっぱりハンデが必要かな。女王様にも聞いて、みんなでいい案がないか考えよう。まずはこれでイベントを開いて手応えを探って、もしうまくいきそうなら……」

「ちょ、ちょっと！　……待ってください。華麗なる女戦士？　嫌な予感がしますが」

「ああ、もちろんソフィーが戦うに決まってるじゃないか！」

しばしの無言を挟んで、ソフィーが姿勢を正した。

「長いことお世話になりました。国元の王様には、勇者は旅の途中で志半ばに倒れたと報告しておきます。ではこれで」

荷物を手に立ち上がる女戦士にジルがすがりつく。

「ちょっと待って！　大丈夫！　ソフィーなら間違ってもスライムに負けるようなことはないし、危険だってないだろ⁉」

「そういうことではなく！　お、大勢の人の前で戦うなんて、見世物になるなんて……そんなの嫌に決まってるでしょ！」

足で蹴るようにしてジルを振り払おうとするが、離れない。

「それも大丈夫！　ソフィーの剣技ってすごいじゃないか！　見世物っていうか、むしろ剣術の演舞会みたいなものだよ！　もう、みんな見とれちゃうって！」

「………」

華やかな御前試合で王にその剣術の冴えを褒め称えられた元騎士。そんな過去を持つソフィーは、その時のことを思い出したのかもしれない。

ジルを引きずって帰ろうとしていた動きがわずかに止まる。

「戦いの最中なのに、凜々しくて、綺麗で……！　これまで何度見とれてしまったことか！一緒に旅をしてきた俺にはわかるんだよ！」

「ななっ、なにを言ってるんですか……！」

「そうだ、試合は勝ち抜き戦にすればいいと思うんだ！　それならソフィーの剣技をじっくり皆に見てもらえるし！　ああ、俺も久しぶりに、素敵に戦うソフィーを見てみたい……！　見てみたいなあ！」

まんざらでもない、といったソフィーはわずかに頬を染めてジルをじーっと見つめる。

「し、仕方ないですね……」

すすっと元の位置に戻って焚き火のそばに腰を下ろしたソフィー。少し照れくさそうに顔を逸らしながらも、ぽつりと呟いた。

（よし、やった！）

「ジルがそこまで言うなら、考えてあげなくもないです……。本当は嫌ですけど、ジルがどうしてもと言うから従ってあげるんですからね」

「うんうん！　助かるよ！　剣術道場でも子供の頃から思ってたんだ。ソフィーの剣技はすごく綺麗だな、って。いやぁ、懐かしいなぁ」

「あの……そ、それじゃ、あと何匹かスライムを餌付けしないといけないですね。明日には帰れるとして、それから準備をして……」

「うんうん！」

手探りの闘技場イベント開催だが、とりあえずの道筋は定まったようだ。

これから数日、忙しくなりそうだった。

※

一週間ほどが過ぎ、すべての準備が終わった。

街中には今日のイベントを知らせる貼り紙があちこちに貼られ、口コミでもずいぶんと話題になっているらしい。普段はカジノに通わないような新規の客も掴めそうだ。

闘技場イベントのルールはやはり勝ち抜き戦でいこうということになった。

全五戦を予定。一戦ごとに使う武器を弱くしていって勝ちづらくするハンデがある。客はソフィーの勝ち星がいくつになるかを予想してお金を賭ける……と、こんなふうだ。

とはいえ、スライム一匹を相手に元冒険者が戦うとなれば負ける方が難しい。一応はギャンブルの体裁を取っているものの、実質的には人寄せのイベントだ。儲けは出ない。

まずはこのショーで客の反応を見て、うまくいきそうなら人を雇って定期的に開催する。将来的には、弱いなりにもモンスターの種類を増やして、ちょっとずつ闘技場としての体裁を整えていこう……という目論見である。

「今日はまだまだ混みあいそうだな……。さっきちらっとホールを見て来たんだけど、こりゃすごい効果だよ」

もうそろそろ夕刻で、イベントは夜からだから人が集まり始めている。すでにこの時点でカジノの売り上げはこれまでにない額を達成し、ジルとしては笑いが止まらない。

「き、緊張してきました……」

一方で、控え室のソフィーは顔をこわばらせていた。

「気楽にいけばいいよ。あくまでイベントなのはお客さんもわかってるから」

「そ、そうですが……」

さっきからソフィーはずーっとこうだった。意外とプレッシャーには弱い。

と、その時。コンコン、とドアがノックされた。

入ってきたのは侍女を引き連れたラウラ女王様。

「お待たせしました。持ってきましたよ」

「助かります。んじゃソフィー、準備を頼むよ」

ソフィーが着用する鎧と武具の類は女王が揃えてくれた。「武器と衣装はわたくしに任せてくださいね。ソフィーさんに似合う華麗な装備を持ってきますわ」ということで、王宮の宝物庫にある武具からよさそうなものを探してきてくれる手はずになっていたのだ。

「武器もたくさん持ってきましたから、どの順番で使うか打ち合わせをしましょう。ジル殿は少々お待ちくださいね」

緊張しっぱなしのソフィーを連れて女王が隣室に向かう。

ジルは椅子に座って、侍女のいれてくれたお茶を啜り始めた。

(女王様には本当に世話になりっぱなしだな……今度ちゃんとお礼をしないと)

そんなことをぼーっと考えながら、何分が過ぎただろうか。

突然、ドタドタと部屋の前が騒がしくなった。人の叫び声まで混じり始める。

「な、なんだ……？　なにかトラブルか……!?」

慌てて席を立ったジルがドアを開け……目が丸くなる。

「ジル殿、ちょうどよかった。ソフィーさんを止めてくださいな。せっかく着たのに、言うことを聞いてくれなくて……」

「着たんじゃなくて着させられたんですっ！　ジ、ジル！　助けて！」

そこには、侍女数人とラウラ女王に腕を引っぱられてジタバタしている少女が。

「あ、あれ？　ソフィー？」

一瞬、誰だかわからなかった。

というのも、ソフィーが持つイメージとはあまりにかけ離れた格好をしていたからだ。

「えーっと、水着ですか？」

「ただの水着ではありません。きちんと魔法守護のある鎧ですのよ？」

「水着ですっ！　こんなのただの水着ですからっ！」

状況が混乱していたが、要するに、ソフィーが着ていたのは水着だった。

「と、とりあえず部屋の中に。こんなところで騒いでたら、叫び声がカジノホールまで響いちゃいますよ。ほら、ソフィーも！」

「い、いやっ。私、こんなの嫌ですからね！」

ひたすら文句を言い続けるソフィーを無理やり部屋の中に押し込んだ。

そして、あらためて観察。

「うーん、そうか、そういうことか……」

彼女が着る水着鎧は確かに特製。ビキニタイプの露出が高い水着に見えるけれど、よく見れば所々に魔法印章が。これが魔法の防具であることを表している。

そして衣装としてのデザインで言うならば、これも文句はない。きゅっと食い込む股間のラインといい、ソフィーの大きな胸にぴっちり貼りついて丸みのあるラインを浮かす上質な布地といい……。しかも黒っぽい布地はソフィーのスリムな身体をさらに凜々しく引き締めて精悍に見せる。これはいいものだ。

「うん、似合ってるんじゃないか？」

さすがのジルにもこれは予想外だったものの、こうしてみると悪くない。

「じゃなくて！　なんでこんな格好で戦わなきゃいけないんですか！」

「それはもちろん、華があるからです。せっかくソフィーさんが戦うんですもの、この綺麗な身体をみんなに見てもらわなければ」

「じょ、女王様と私の価値観は合いません！　もう脱ぎますから！」

ソフィーは顔を真っ赤にして、ジルの目があるのも構わず水着を脱ごうと手をかける。

が、それはまたしても侍女達のすがりつきによって止められた。

「まぁまぁ……落ち着いて。俺も最初はビックリしたけど、確かにこの方が華があっていいと思うよ。ほら、あくまで観客が見たいのはソフィーの剣技だし。大丈夫、下着じゃないんだから恥ずかしくないって」

「ジルまで適当なことを言って！　もうわかりました！　騙されませんから！」

キーッとヒステリックに叫んでジタバタしているソフィーは納得いかないようだ。

（正直なところ、ちょっとエッチな格好ではあるけど……でも、女王様の言い分もわかる。これくらいでないと盛り上がりに欠けるもんな！）

ジル自身が言ったように、あくまでも下着ではなく水着に近い装備。ソフィーはむしろ恥ずかしがりすぎだ。

……とは思うのだが、その一方で。

（ソフィーは恥ずかしがりだからな……騎士だったっていうプライドもあるし）

付き合いの長いジルには、このままでは頑固なソフィーが出場辞退してしまいかねないという危機感もある。

「な、頼むよソフィー。これで出てくれないかなぁ？　もう時間もないし、別の装備なんて用意している暇もないいんだから」

「そっ、それはそうですけど……。でも、これは恥ずかしいんです！」

やっぱり頑固だ。これはちょっとやそっとじゃ折れてくれそうにない。

「ソフィーさん、恥ずかしいことになんてなりませんよ。さっきも言いましたけれど、これは魔法鎧。魔物の攻撃で破れてポロリ、なんてことにならないよう作られています」

「それは当たり前です！　そんなことになったらもう生きていけません！」

ソフィーいわく価値観が違う女王の説得も、むしろ嫌な想像をさせてしまって逆効果。

「でもそこをなんとか……」

ジルが食い下がり、ソフィーが拒絶する。

それから一時間、闘技場が開場するギリギリまで説得は続くことになった。

※

「うぅ、残念だ……」

ジルは闘技場の関係者入り口で溜め息をつく。

(あの格好のまま出場してくれたら、それだけで大盛り上がりだったのに……)

結局、ギリギリまで続けられた説得は失敗した。

もはや時間もなく、イベントを中止するかどうかの判断を迫られたジルはソフィーの言い分を認めざるを得ず。急いで水着の上にカジノの制服を着せて会場に送り出したのが数分前のこと。

満場の観客が見つめる中、ソフィーはカチコチに緊張して闘技場の中央に立っている。

今は、ルールを説明するアナウンスが会場内に流れているところだ。

「ま、仕方ない。あとはソフィーが戦い自体を盛り上げてくれるのを祈るしかないな」

一戦目に彼女が使う武器は小剣だ。

手を覆うグリップガードが付いていて、そこに微細なバラの模様が描かれている。いかにも女剣士に似合いそうなかっこいい剣だけれど、使うソフィーがいつものカジノ制服なので、いまいちな感がぬぐえないのは残念だ。

武器としてはそれなりに汎用性がある。けれど、これは戦い慣れた冒険者でもなかなか難しい勝負だろう。なぜなら、スライムはぶにょぶにょしていて斬りつけても効果が薄いので、的確にその心臓部を貫かなければならないからだ。

それを考えるといい勝負ではあるのだが。

問題はソフィーがそんな心配はいらないほど手練れだということ。逆に、緊張のあまり余裕をなくして一瞬で勝負を決めてしまいかねない。

(一応、スライムもかわいそうだから殺しちゃダメって言ってあるけど……)

あんなに緊張してしまって、ちゃんと動けるだろうか。

なんだか不安になってきた。

(俺の小遣いもかかってるんだ。頼むぞー!)

イベントはソフィーが何戦勝ち抜けるかのギャンブルにもなっているわけだが、実は、ジルもこっそりそれに参加していた。

主催者が賭けに参加したらイカサマ扱いされそうだが、たぶん実情を聞いたらジルを責める者はいないだろう。

（だって、お小遣いが少なすぎるんだもん……）

カジノの儲けはソフィーによって管理され、働いている者の給与も彼女が管理している。もちろんジルも労働の対価として報酬はもらうが、それがめちゃくちゃに少ないのだ。

借金を背負っている身としては、天引きされても反論できない。

だからジルは、カジノのオーナーなんて立場のわりに、まるで子供の小遣いレベルでしか自由になるお金を持っていなかったりする。

それをすべて今回の勝負に賭けたのだ。

（もちろんソフィーなら全勝してくれるはず！　だから確実に稼げる！）

と、考えてのことだ。元がギャンブルより人寄せイベントとしての要素の強い今回、もちろん観客もスライムごときに元冒険者が負けるとは考えない。つまり全勝に賭ける者も多く、オッズは低くなって、当てたところでたいした儲けにならないが。

（切実っ……！　俺の潤いある生活のために、切実なくらい大事なお金なんだっ！）

それを思うと、ちょっと必死なくらいぐぐっと前のめりになって観戦せざるを得ない。

ちょうどアナウンスが終わった。

闘技場の中央に檻が運び込まれ、そこに閉じ込められていたスライムがずるずると這いずり出てくる……。

対峙するソフィーとモンスター。それを囲むように柵が用意され、逃げ場はない。

いざ、試合開始だ。

（おお、なんかドキドキするな……！）

こうして外部からの視点で見ると意外にうまくいっているように感じられる。

少額とはいえお金を賭けているわけだし、観戦するだけとはいえ、やはり戦闘行為には独特の緊張感があった。たとえそれがスライム相手でも、だ。

観衆も同じなのだろう。収まらないざわめきに、固唾を呑む気配が混じり始める。

そして……。

魔物を前にして、さすがソフィーは落ち着きを取り戻し始めていた。

いまだに動作はぎこちないものの、小剣を握り直し、軽く振って……。

「いきます！」

ソフィーはそう宣言するや、たたっと小走りにスライムへ向かった。

まずは魔物を軽く挑発するつもりなのだろう。

（うんうん、打ち合わせどおり。ちゃんと理解してるな……）

戦闘を盛り上げるために、ある程度の流れは打ち合わせしている。

まずはソフィーが挑発、スライムが怒ったところでしばらく防御に徹し、そのあとは一転攻勢に。剣技を見せつけながら華麗に勝利……というのが一戦目の予定だ。

思惑どおり、斬りつけられたスライムが「ぶじゅるっ！」と粘液の弾ける音を立てて飛び跳ねる。気味の悪い触手を伸ばしてきた。

ソフィーはそれを次から次に斬り落とし……。

「って、あれ⁉」

そこで、予定にないことが起こっていた。

「なっ、ななな……！」

焦った声はソフィーのもの。何本か触手を切り落としたところで、その手にある小剣が、根元近くでぽっきりと折れてしまっている。

「えええええっ⁉　や、やばい！」

ジルは大慌てでだ。いくらスライム相手とはいえ、さすがに素手では勝ちようがない。観客はよくわかっていないだろうが、冒険者なら逃げ出すべき場面だ。

「ソフィー！　逃げて！　こっちこっち！」

大声で呼びかけて関係者用のゲートに逃げさせようとしたのだけれど。

「……だ、大丈夫です！」

どうやらソフィーはまだ戦うつもりのようだ。折れた剣を逆手に持ち替えて——あれでスライムの心臓部を狙おうというのだろうか。

（そ、そりゃソフィーならそれで勝てるかもしれないけど……！）

刃先は尖っていないとはいえ、突き刺すくらいならできるだろう。

ただ、やはり危険だ。

（ならせめて他の武器を……）

あれよりはマシな、武器になりそうなもの……を探したが適当なものがない。二戦目で使う武器はまだ控え室に置いてあるし、取りに戻るべきか。

そう思った瞬間、会場にどよめきが起こった。

「くっ……！　この！」

腕に絡みついた触手に、ソフィーが、ずるっ、ずるっと引きずり寄せられ……。

さすがに観客も武器が折れたことに気付いた。女性客が悲鳴を上げ始める。

「折れた方を使え！　ソフィー！」

多少乱暴だが、剣先の方なら触手くらいは切り落とせるだろう。

しかし、その声に気付いたソフィーが足元の剣先部分を拾おうとした瞬間……。

ずずずっ！

「きゃっ！　やっ、この……放しなさい！」

一気に引きずられたソフィーは体勢を崩し、そのままスライムのもとへ。幾本もの触手が這い出てきて、一瞬のうちに彼女の身体をがんじがらめにしてしまう。

「だめだ、助けにいかないと！」

これ以上は本当に危険だ。命を落とすことはないだろうが、スライムの消化粘液に触れたらヤケドどころでは済まない。

助けに入ったらイベントが失敗してしまう――しかしそれ以前に、ソフィーが危ない。

迷うまでもなくジルはゲートを飛び出し、助けに向かった。

一歩、二歩。しかしジルの足が止まる。

「えーっと……。これは……」

粘液をかけられてシューシューと嫌な煙が上がっている。のだが、溶かされているのはソフィーではなく。正確に言うならばソフィーの衣服。

「やだっ！　な、なに⁉」

触手からぶちゅっと吐き出された粘液が顔面に直撃。どろーっとした半透明の白い液体が整った鼻筋から垂れ落ちて唇をぬめらせる。

だが、それだけ。スライム粘液をかけられても、ソフィーの顔にも髪にも被害はなく、しかしドロドロと垂れ落ちた液体が女性従業員用のカジノ制服に落ちた途端、それだけがズルズルになって溶け崩れていく。

そしてその中から覗くのは、黒っぽい水着。事情を知らなければ、それは下着にしか見えないだろうけれど。

「あー、そっか。これがあの水着鎧の効果か」

女王様が言っていたように、あれは水着であって鎧でもある。魔法の守護によって着用者を守っているのだろう。

時間ギリギリだったせいで水着の上から制服を着込んだわけだが、それが功を奏しているわけだ。ジルはほっと安堵の吐息を漏らした。

「んんっ、やっ！　ふぁ、ひゃあっ！　ちょっと、んぶっ……！」

本人もそれを理解しているのだろうが、むしろさっきより悲鳴が高くなった。

なにしろ……服がどんどん溶けていく。

胸元の制服生地がずるりと溶け落ち、ネトネトした液体にまみれた白い肌が露わに。もちろん水着は健在だから大事なところは見えないはずなのに。

その半脱ぎ状態が、余計にいやらしく見えてしまう。

「「おおおおおおおっ！」」

観客達からも大きな歓声が飛んできた――主に男性客から。

（ちょっとこれは……いや、ちょっとどころじゃない！　エロい！）

ストッキングはボロボロだ。ただでさえ短いスカートにもどんどん穴が広がり、その奥には暗がりが……黒っぽい水着が見えているだけなのに、ものすごくいやらしく見える。

「なっ、なんなのよ⁉　んぶっ、ふぅ、ひゃぅ……！」

唇に被さってきた粘液に悲鳴が邪魔され、なんだか喘いでいるみたいな声に。その表情はどんどん切迫し、それを通り越して今はどんどん赤くなってきている。

「な、なんでこんなことにぃ……や っ！　そ、そんなとこめくらないで！」

足をぐるぐる巻くようにして太腿まで登ってきた触手が、ぬるりと滑った拍子にスカートの奥をチラ見せ。

恥ずかしくて反射的に太腿を閉じて前屈みになった途端、たぷん、と跳ねた大きなおっぱいの谷間に上から降ってきた触手が入り込む。

「ひぃっ⁉　ちょ、ちょっと、んんうっ⁉　ぬっ、抜けない……！」

乳房の谷間にもぞもぞ入り込もうとする触手を掴もうとするが、ぬるりと滑って抜けてくれない。泣きそうな顔を真っ赤にして、胸の谷間に挟まった棒状のものを必死にしごいているようなその姿に——男性観客達まで前屈みに。

すでに彼女の身体はスライムの胴体まで引きずり寄せられていて、あとからあとから伸び出てくる触手に身体のあちこちを蹂躙されている。

上に着ていたカジノ制服もボロボロで、触手はその下にある水着にまで手を伸ばし始めている。ただ、そこには魔法の守護があった。

「あっ、んんっ！　ふぁぁ、なんで……⁉」

どうやらスライム、獲物がいつまでもジタバタして元気なままなのは、邪魔な魔法水着

のせいだと本能で感じ取ったらしい。

それを引きはがそうと触手を使うわけだが、魔法によって守られていて取り除くことができない。なので、何度も何度も触手は胸の上を行き来し、乳房を持ち上げたり、擦り上げたり、縛ってみたり。まるで触手がおっぱいを揉んでいるかのよう。

「はぅ、ふっ……うぅぅ……！」

胸の弱いソフィーは涙目で身悶えるが、もぞもぞ動くたびにおっぱいがぷるぷる震えて余計に卑猥な感じに。

「ひっ、ひゃんっ⁉　こ、今度はおしりっ……⁉　っやんっ！」

ジルでさえ滅多に聞くことのない艶っぽい声を響かせながら、ソフィーは四つん這いになってお尻に手を伸ばす。

その谷間を滑った触手の先端が太腿の間へ逃げた。

ソフィーの大事なところを擦りながら前に抜け、さらに足に巻きついて動きを封じる。

まるでお尻を高々と突き出しているような格好になり、ネトネト粘液をまとったお尻がてろりと光る。

「やっ！　だ、だめぇっ！　見ないで！　きひゃっ、んんんーっ！　ギ、ギブアップ！　降参するからっ！　誰か、止めてぇぇぇっ！」

涙目のソフィーが必死に叫んだ声が、闘技場に響き渡った。

「ううっ……もういいです。私はここで、スライムと同化して死んでいきますから。もうほうっておいてください……」

「そんなに落ち込むことないって。ソフィーのおかげで大盛況だったんだよ？　終わりよければすべてよし、っていうか……だっ、大丈夫！　みんな明日には忘れてるよ！」

たぶん男性観客にとっては一生のメモリーになったであろう、と思いながら、とりあえずその場しのぎで慰めてみるが……しくしくしくと心の泣き声が聞こえてくるばかり。

※

すでに闘技場は閉場し、大反響のうちにイベントは終了した。

予定よりずいぶん早い閉場になってしまったが、誰もクレームはつけなかった。

女性客は気の毒そうにソフィーを眺めつつそそくさと退場し、男性客は前屈みになりながら退場。第一回戦で負けてしまうという大番狂わせで払い戻しは最小限で済み、カジノ側としても予想外の大儲けになってしまった。

「ほらほら、早く帰ってお風呂に入らないと。な？」

「お風呂に入っても落ちないの……。私の心に染みついたスライムの匂い……」

闘技場の中央に繋がるゲート内。降参して運び込まれたソフィーにはまだスライムがまとわりついていた。いじけてしまったソフィーが無気力で動いてくれないので、スライムを引きはがす作業がいっこうに進まないのだ。

すでにスライムは疲れ果てて動かないし、その粘液も消化液としての効果は消えているから放っておいてもいいくらいだけれど、さすがにそれは酷すぎる。

それでジルが残って引きはがし作業をしていたわけだが、ソフィーは沈み込んだままだし、そうこうしているうちにすっかり夜も更けてしまった。

「あー、ちょっといいかしら」

突然の声に振り返ると、そこにはアリスティア王女。

「あ、王女様……。えーっとすみません、ほったらかしで」

王女を招待していたことをすっかり忘れていた。本来なら「いかがでしたか？」と鼻高々で闘技場の評価を聞いてみたいところだが、今はそれどころではない。

「まぁ……いいわよ。いろいろとトラブルがあったようだし……」

水着でドロドロのソフィーをちらりと見て、ほんのり頬を染めてから目を逸らす王女。

「ま、成功と言えば成功よね。ずいぶん人は集まったし、これなら、闘技場はこのカジノの目玉になるんじゃないかしら」

「そ、そうですね……」

「でもひとつだけ言わせてもらうけど……もうちょっと品のある闘技場にしてよね」

「それじゃあね」と言って去っていく王女様に悪気はないだろうし、経営者として当然の言葉ではあったが。

「もう……殺してください……」

「いやいやいや、気にすることないよ、ソフィー！」

ますますぐったりしてしまった元騎士のパートナーを慰めつつ、ジルはようやくスライム本体を引っぺがす。

(でもなんで剣が折れるなんてことに……ちゃんとチェックしたんだけどな……)

武器として使えるかどうかは事前に調べたし、異常だってなかった。それがあんなことになるというのは、さすがに違和感がある。

(もしかしてこれ、俺の能力が関わってたりするのか……？)

不運かと思ったら幸運に恵まれたり、あるいは不自然なほど不運が続いたり。この国にきてから——特にギャンブルにおいて、どうにも妙なことが起こる。

今回は直接自分が関わったわけではないけれど……。

(あれ？　でも俺もソフィーの全勝に賭けてたんだよな)

となると、もしかして……。

スライムを檻の中に放り込んだところで、また背後から声がかかって思考が途切れた。

「アリスティアはもう帰ったわよね？」

そこには、ラウラ女王が申し訳なさそうな顔で立っていた。

「ごめんなさいね、ソフィーさん。まさか剣が折れてしまうなんて……新品のはずなのに」

しゃがみ込んだままの彼女に謝罪して、女王はぺこりと頭を下げる。

女王に頭など下げられてしまって、いつものソフィーなら恐縮しきりな状況だろうが、

「いえ……気にしてませんから……ふっ、ふふふ……」

負のオーラが消えないソフィーは俯いたままだ。

ささっとそばに寄ってきた女王が囁き声で尋ねてくる。

「そんなにショックだったのかしら？」

「そりゃもう、ソフィーは生真面目ですから……」

いつもなら「仲が良すぎです！」と不満げな視線を向けるジルと女王様とのコソコソ話にも、今日はまったく興味を見せない。

さすがに女王様も気の毒に思ってか、よい慰めの言葉を探しているようだった。

「でもソフィーさん、素敵でしたわよ？　わたくし、魔物との戦いなんてしたことありませんからハラハラしてしまいましたけれど、あんなふうに戦っているソフィーさんの姿は綺麗だと思いました。本当ですよ？」

「ありがとうございます……」

わずかに顔を上げ、今度はソフィーもまともに答える。

（さすが女王様だな。よくわからない説得力がある……）

感心したジルがタオルを手に取り、ソフィーのそばにしゃがみ込む。

（えーっと、とりあえずドロドロを拭いてあげて、あとはお風呂に連れていくか。しかしこれって、見れば見るほど……）

床にぺたんとお尻をついて座り込むソフィーの身体は、どこもかしこもベトベトだ。胸はただでさえ大きいのに、ぴったりフィットした水着のおかげで稜線のラインがますます綺麗に見える。そんなお椀型のおっぱいがヌルヌルに照り光ってわずかな動きでプルプル揺れているのは、男としてはどうにも無視できない魅力があった。

（うう、いかん。そんなこと口にしようものなら、ますます落ち込んじゃうからな）

そう思ってタオルをソフィーの頭にかけてあげた。ポニーテールを解いて、タオルでわしわしかき回すと。

「あら、ダメですよジル殿。女の子の髪をそんなに……もっと優しく拭いてあげてくださいね？　ほら、こんなふうにするのです」

ラウラ女王はジルからタオルを奪い、手ずからソフィーの髪を拭き始めた。

女王様からそこまでされて、さすがにソフィーも我に返る。

「あ！　す、すみません。女王様にこのようなことをさせてしまうなんて……！」

「いいのですよ。せっかく綺麗な髪なんだから、大事にしないといけません」

そのまま女王様の手が撫でるようにソフィーの肩へ。首元から胸へと降りて、胸の膨らみを揶うようにタオルで包み込む。

タオルで拭いてあげているだけなのに、どこか艶っぽい仕草に感じられてしまうのはなぜだろうか。

「あら、ふふふっ……。ジル殿ったら、ソフィーさんを見て興奮してしまったのかしら？」

「はっ？　えっ⁉　うわわっ！」

いつの間にかテントを張っていた股間を慌てて隠す。

だが、もう遅い。

「ジルまで……ううっ、やはり私の身体は、いやらしく見えているんですね……。さっきは、そんな姿を大勢に晒してしまって……」

「あああっ！　これはいやらしいとか、そういうんじゃなくて！」

余計なことを言ってくれた女王様は「なにかマズイことを言ってしまったかしら？」とよくわかってない顔。

「いいじゃありませんか。恋人から魅力的に思われている証ですよ？　喜びこそすれ、悲しむことなんてありませんわ」

なるほど、ラウラ女王はそういうつもりだったらしい。

「ジル殿とソフィーさんは、その……お付き合いしているわけではないのかしら？　なんとなく、そんなふうに感じていたのですけれど」

娘と同じようなことを言ってきた母親だが、しかしソフィーは元気がない。いつもなら

「ちぢち違いますから！」とか言って照れるところなのに。

「いいえ、私なんかジルとは釣りあわないですし……いいんです。私は一度だけの思い出を胸に、日陰で生きていきます……」

「あらあら、どういうことです？　一度だけって……ジル殿に襲われてしまったの？」

「違いますよ！　物騒なこと言わないでください！」

首をひねる女王は、しばらくしてパッと顔を輝かせた。

「ソフィーさんは奥手なのね？　うふふふ、可愛らしいこと」

とりあえずはそう納得して、女王様はいい子いい子をするようにソフィーの髪を撫でる。

「でもダメですよ。ジル殿には恋敵も多いでしょうし、そんなに奥手でいては誰かに取られてしまいますよ？」

とソフィーに言いつつもジルにはウインク。

（今のはどういう意味だ……？）

なんとなく不穏なことを言われて気になるジルだが、それどころではなかった。

「あっ、あの、女王様……？　な、なっ、ひゃ……!?」

「いいからいいから……うふふ」

なにがいいからなのかわからないが、ラウラ女王がソフィーの股間に手を伸ばしている。

（な、なにしてるんだこの女王様は!?）

ジルも唖然とするしかない。女王の指先が水着の中に潜り込み、その奥でもぞもぞと動いているのだ。

(え、これってそういう……百合の香り?)

男の自分が見ているのに……。という問題以前に、女王様はそういう趣味も持っているのか? とジルも混乱状態。

だが、どうやらそうではないらしい。

「やっ、やめてくださ、んんんっ! じょ、女王様!? そこ、んひゃんっ!?」

女王相手に強く出られず、なすがままのソフィー。ぴくんっと身を縮こまらせ、小動物のように怯えた視線で優しげな女王を見上げる。

なんだか、これはちょっと……。

(いや、ちょっとどころじゃない! エロい!)

本日二度目の心の叫びを上げたジルは、目の前で繰り広げられる光景に魅入られて金縛り状態。二人の女性をガン見したまま硬直している。

「なにをしているのですか? ジル殿も、さあ、一緒に」

「はぇっ!? お、俺もですか!?」

「もちろんです。ソフィーさんが奥手なら、ジル殿がリードしてあげなくては。今日はわたくしと二人で慰めてあげましょう?」

慰める……。そうだ、ソフィーを傷付けてしまった責任は無理を言って闘技場に送り出した自分にもあるのだから、ちゃんと慰めてあげなければ……。

ゴクリ、と生唾を飲む。

「わ、わかりました。俺も……慰めます！」

金縛りが一気に解けたジルも参加を決定。

ラウラ女王は、ソフィーを押さえ込むようにゆっくり床へと押し倒していく。

「あっ、あのっ！　困りますっ、こんな場所でなんてっ！　ジ、ジル！　よく考えてください！　じょ、女王様の御前ですよっ……！」

ソフィーの持つ常識からしたらあり得ない状況に追い込まれて、彼女はますます怯えた動物のように身を丸めてしまう。

「遠慮しなくていいのですよ？　わたくしを気にせず進めてくださいね」

などと言いながらも、女王の手はソフィーの股間から離れない。参加する気は満々だ。

「ソフィーは胸が弱いから、じゃあ俺はこっちで」

反論される前に水着の胸をずり上げてしまう。一瞬、ソフィーはぽかーんとして。

「きゃあああっ！　ジルッ、なにをするんですかっ！」

一拍遅れて悲鳴を上げた美少女剣士の胸は、相変わらず形も張りも申し分ない。

しかも、ぷるんっと弾けた肉玉にはスライムが苦労して塗りつけた粘液がまとわりついていて、そのせいで卑猥に照り光っていた。

「やっ、やだっ！　やめてっ！　ジル、あとで見てなさいよっ！」

「なにを言う。これは心にトラウマを負ってしまったソフィーを助けるためでもあるんだ。『水着で変な声を聞かせちゃったくらい全然恥ずかしくなかったんだなぁ』と思えるくらい、いやらしい声を出させてやるからな。これは特訓だよ」

さっきまでは慰めると言っていたくせに、今度は特訓を強要。

「バッ、バカ勇者あぁぁぁぁ……！」

無人の闘技場に、ソフィーの声が虚しく響いた。

抗議の声を聞き流したジルは、さっそくプリプリして美味しそうな乳房に手を添える。

「うわぁ……にゅるにゅるしてて、おっぱいの感触がすごいことになってる」

「やっ、め……！　手つきがっ、いやらし、んんんぅ！」

左右それぞれの乳房に手の平を添え、にゅるーっと絞るように圧迫する。

本来は危険なスライムの消化液も、今はもうネットリとしたただの液体。むしろ、ジルの手の動きをなめらかにしてくれるありがたい液体だ。

チラリと横目で見た檻の中のスライムに「あとでたっぷり餌をあげよう」と視線で約束して、丸い稜線のてっぺんにあるしこりに指を重ねる。

「ひゃうっ……！　あっ、そこはっ、はぁ、んんんんっ！」

乳首を人差し指で捏ねるようにクリクリと押し込んで、あるいは指に挟んで擦るように。

「っ……はっ、はっ、あぁ、は……はふぅ……やめてぇ……っ」

さすがに敏感だ。あっという間に息が乱れ、ソフィーの目が切なげに細められてしまった。こうなるともう、身体の火照りは止められないだろう。

「本当ですね。ソフィーさん、ジル殿に乳首をいじられただけでこんなに感じてしまって……。それとも、それほどジル殿のことを好いているからでしょうか」

股間から抜いた女王の手に、ニチャッとした液体があった。スライムのものよりは粘着力が劣っているところを見ると、間違いなく愛液。

おかげで見なくても想像できる。すでにソフィーのあそこは濡れそぼっているだろう。

「せっかくですから、わたくしも脱いだ方がよさそうですね」

「えっ……!? ジル、見ちゃダメ！　じょ、女王様に対して無礼ですっ！　女王様も、ジルに見られてしまいますからやめてくださいっ！」

慌ててソフィーが止めようとするも、女王はすでにドレスを半脱ぎ。しかも……、

「あら、裸ならもう何度も見られていますから、わたくしは気にしませんよ？」

「…………え？」

冷や汗の流れるようなやりとりをしていた。

（あ、やばい。そうだった……）

女王様のお相手を務めていることはソフィーにはもちろん内緒。

おっとりというか、いろんなことにオープンな女王様とこんなふうに絡んだら知られてしまうリスクは当然あったのに、すっかり失念していた。

（こ、こうなったら、勢いでうやむやにするしか……）

「ジル、それはどういうことですか……！　ま、まさかとは思いますがっ」

しかし視線が痛くて言い訳どころではない。

ジルがおろおろしているのに、しかしラウラ女王は相変わらずの微笑みだった。

「ジル殿は誰かとお付き合いしていないのでしょう？　いいではありませんか」

「よ、よくはありません！　しかも一国の女王相手にそんなっ！」

食い下がるソフィーだが、やはり元騎士と女王様とでは役者が違う。

「わたくしがいいと言っているからいいのです」

「うっ……は、い」

生真面目なだけに権威にはめっぽう弱いソフィーは、それで反論を封じられてしまった。

「それに、今はあなたを慰めるためにこうしているのですから。そんなに意固地なことばかり言っていると……」

ラウラ女王はニコッと、今度はいたずらっ子の笑みになって再び股間に指を潜らせた。

そのまま内部を探るように蠢かせて……探り当てた敏感な部分、陰核を指の腹にきゅむっと押さえつける。

「ひぃ、んんんんっ！　女王さ、まっ、そこは……ひゃぅ！　だっめぇ……！」

「うふふー。ここも敏感ですね……」

クリトリスを責められて泣きそうな顔になったソフィーは、女王がたまに見せる子供っぽい性格を知らない。戸惑うように、救いを求めるようにジルを見つめたが。

「じゃ、俺はそろそろ……」

いい機会だし、女王はこういう人なのだと勉強してもらおう。

ジルはあえて無視してズボンを下ろす。

「……っ！」

びーんと勃起しているペニスを見るや、ソフィーは「本当にする気⁉」と目を丸くしたが、構わず彼女の上に覆い被さる。

「ジル殿、男らしいですよ。時にはそれくらい強引にリードしてあげなくてはね」

「いやー、恐縮です」

すでにソフィーの意思は放っておかれている。

ただ、ジルにだって考えはあった。

（ソフィーだって嫌がってはいないよな、これ……）

本当に嫌なら、彼女の性格からすると今頃ここから逃げ出してしまっている。それをするだけの身体能力はもちろん持っているはずだし、いくら女王に対する敬意があると言っても、不義理には従わないはずだ。

（ということは……）

すっと撫で上げた水着の股間部に、指を引っかける。それだけでじっとりと濡れているのはわかるが、さらにそこをめくると。

「うーん、こんなにビショビショになってるくせに俺に説教しようとしたのかー」

「なっ、ななな……！」

すでにパックリと開いた陰唇は充血して濃いピンクに。ぽっかり開いた膣口は涎を垂らしてヒクヒクしていて、早く入れてほしいと今にも喋りだしそうだ。

「そうですよ。こんなに感じてしまっているくせに……んっ、ぬるぬるして、なんだか心地よいですね、これ……」

ドレスを脱ぎ去った女王様は上品な白の下着姿。ワンランク上のふわふわ乳房を擦りつけるように、ソフィーの隣に寝そべって足を絡みつけ、腕を回して抱きついた。

「んんっ、ふぅ、ふぅ……じょ、おうさま……んあんっ！」

女王がズリズリと身体を擦りつけるうち、粘液を吸ったブラジャーがずり落ち、自慢の乳房がふにゃりふにゃりとソフィーの身体をマッサージし始める。

「んんっ、はぁ、はぁ……ソフィーさん、きめが細かくて綺麗な肌です」

身体をにちゃにちゃ擦りつける女王と、それにすがりつくような格好のソフィー。魅惑の柔らかさにすり寄られ、ソフィーは同性同士の接触にうっとりし始めている。そしてその光景にうっとりしているのはジルも同じ。

（た、たまらないな、これは）

美女美少女が自然と抱きあうような格好になり、息を荒らげて身体をくねらせる。ただでさえ勃起していたペニスはビキビキと音を立てそうに血が凝集してしまって、自分も本能に任せた快楽を貪りたくてしょうがない。

（よし、ソフィーだってもうこんなに濡れてるんだし……）

そっと彼女の足を開き、その間に進んだ。

ソフィーは横臥に近くなって身体をひねっているけれど、片足を持ち上げてやれば挿入にはなんの障害もない。

まだ一度しか異物を受け入れたことのない膣口に、亀頭がぴとりと接触する。

「ふぁ、あぁぁ……！　んくっ、ふ……！　ジル……ぅ？」

喘ぐように彼女が名を呼んだ瞬間、ジルは腰を押し出していった。

にゅぷっ、ずずず……にゅぷぷぷっ！

そして途中からは一気に、奥までをひと息に貫く。

「ふぁわあぁぁぁっ！　んんっ、く、はぁ、はぁ……ぅ、ジルが、入ってくる……」

初めての時のキツさを想像していたけれど、なんだかそれとはちょっと違う。快楽によってリラックスしているからか、あるいはジルのものに慣れたのか。今日のソフィーは、ぎゅっと締めつけながらも柔らかさがある肉壁だった。

「んんっ！　っはぁ、んぅぅ……」

きゅっと口を真一文字につぐんだソフィーは、どうも声を漏らしたくないようだが……。

ずっ！　ずずずっ！

「っは！　んふぅぅっ！　ジル、だめ、私ぃっ！　今はっ……っひゃうっ！　そんなに動かしたら、きっ、気持ちよくてぇ……っ！」

ひと突きしたペニスが膣道を擦ると、彼女の我慢はあっという間に決壊した。ふるっと唇を震わせて腰を跳ねさせ、こらえられない声を次々に漏れ出させる。

「うくっ、ソフィーの中、いきなりっ、狭くっ……！」

侵入した亀頭を多重肉のヒダに噛まれて、じゅるじゅる引っぱられるような感覚。処女の締めつけに戻ったような締まりに、ソフィー自身も悩まされているらしい。

「ひっっっん！　はぁ、はぁあぁ……んんんっ！」

ジルが身じろぎすればソフィーは喘ぎ、ソフィーが喘げばジルの眉間が険しくなる。

ラウラ女王も火照りを抑えきれないようだ。ヌルヌルと身体を擦りつけるものだから、それでまたソフィーが悶えてしまって、肉ヒダがぞろりぞろりと蠢いて。ジルは自分が揺らしているのか揺らされているのかわからない。

「すごいですよ……。女王様のおっぱいがいやらしくひしゃげて……ソフィーのおっぱいにぶつかって、まるでくっついちゃいそうだ」

「ソフィーさんのおっぱい、張りがあってプリプリしていて気持ちがいいんですもの……。あぅんっ、ほら、コリコリした乳首も可愛らしい……」

ふんわりした乳肉とプリプリした乳肉が擦れあい、巻き込まれた四つの乳首が互いに快楽を生んでいやらしい充血に膨らんでいる。

「さあジル殿、もっと動いてあげて。ソフィーさんが切なそうです」

「そ、んなことは……。んんっ！」

なるほど、ソフィーは潤んだ瞳を細めてなんとも切なげ。

ぬちちちっ！　ずちっ、ずっ、ずぬるるるっ！

「ぅうんっ！　くっ、はぁ、はぁ……！　ジルぅ、つよすぎ、んんんっ！　中にっ、当たって……ぇっ！」

しかしソフィーはこれが二度目の行為。まだペニスの存在感が強く感じられすぎるのか、ひと突きごとに息を詰めるような短い呼吸を繰り返している。

感じているのは間違いない。しかし、心が求めているのに身体がついてこない、そんな感じかもしれない。

（なら、さっきの女王様のマネをしてみるか）

ジルが指を伸ばして陰核に当てる。それを転がすようにクニクニ揉み込んでやると。

ハッと目を押し開いたソフィーが身体を跳ねさせる。

「ひぃぃっ！　っはぁ、そこは、おかしくなっちゃうからぁっ……んんんっ！　だめ、そんなにいじるとおかしくっ、ふぅ、ひゃうぅぅぅんっ！」

だが、そんなこと言うわりにさっきより挿入がスムーズになった。ソフィーの呼吸だって激しいけれど自然なものに変化している。

「はふぅ、これ、んんっ！　気持ちいいけどっ、怖い……っう！　またイッちゃうのっ、怖いからぁ……！」

（ん！　そうか、ソフィーは……イッちゃうことに怯えてるのか……）

なんとなく理解できる。いつも生真面目なソフィーだから、理性が飛ぶほどの快感というものに恐怖心を抱いていたのかもしれない。

ふと視線と動かし、目が合った女王もこくりと頷く。

「ジル殿、思いっきりしてあげてくださいな」

そして付け足し。

「でも……そのあとはわたくしも、思いきり可愛がってくださいね……？」

年上の恋人のおねだりにちょっと胸をキュンとさせつつ、今は長年のパートナーを喜ばせてやろうと全力を傾けることにした。

　ずち、にゅぶぶぶっ！

　ジルは腰の動きを速め、その中を思う存分にかき回して。ラウラ女王はしっかりと少女に抱きついて股間と胸を擦りつける。

「ううっ、いいよ。ソフィーの中、やっぱりすごく気持ちいいっ！」

　ゾクゾクする刺激に背筋から脳髄までを撫でられながら、抽送速度を増していく。

「くっ、あんんんっ！　ジルぅ……！」

　ふらふらと差し出されてきたソフィーの手の平に、しっかりとこちらの指を絡ませて。

ぐいぐいっとさらに腰を突き上げ淫猥な響きを走らせた。

「あっ、あっ、ああうっ！　すごい、またぁ……んんっ！　はぁっ、はぁ、イッちゃう……っ！　私ぃいっ、あふっ！　わたしっ、イッちゃううううっ！」

「俺もイクからっ、一緒に……！　ソフィー！　ううううっ……！」

　ぐぢゅっ、くちゅ、ずぬるるっ！　ぬちちっ、ぐちゅううっ！

　最後とばかりに激しくした抽送で、ジルとソフィー、その熱気が移ったような女王も汗を吹き出し、息を荒らげて、それぞれの頂点を目指す。

「あうぅっ！　イッ、イクうっ！　わたしっ、おかしいのっ、気持ちよすぎてぇっ、んふうぅっ！　あ、頭が真っ白になっちゃう……っ！」

まだ最後の抵抗感を捨てられずにいるソフィーに覆い被さり、限界間近のジルも叫ぶ。

「一緒にいるから……そばにいてやるからっ！　安心してイッていいぞっ……！」

「ジルううっ……！」

膣口から漏れる愛液はすでにドロドロに濁っていたが、それを洗い流すようにぷちゅっ！　と潮の流れが迸った。

ソフィーが絶頂に達する——そう感じた瞬間、ジルのペニスにも電流が走る。

「あっ、きもちっ、いいいいっ！　ひあぁっ、イクううっ！　イッちゃううっ！　もうっ、本当にぃ……わたし、だめぇ……！　イッ、っはぅんんっ！」

彼女にしてはストレートな絶頂表現を何度も何度も繰り返し、ソフィーはぎゅっと身を縮こまらせ、そこから一気に爪先までをピンとさせて——。

「イク、イクううっ、イクうううううっ……!!」

どびゅうっ！　どぷぷぷぷっ！　どびゅっどびゅびゅっ！　どびゅるるるっ！

彼女が頂点に達した声を聞きながら、ジルもまたその内部に精を吐き出していく。絶頂の膣収縮がその肉棒をきゅきゅっと締めつけてきて、いつもより遥かに大量で遥かに長い射精をソフィーに注ぎ込むことになった。

「——っは！」

思わず止めていた息を戻し、はぁはぁ、と荒い吐息で倒れ込む。

それを弾力のある柔らかさが、ぽむっ！　と受け止めてくれる。

「さすがジル殿、ほら、とっても幸せそうですよ……」

同じく息を乱したソフィーは、うっとりした視線でこちらを見上げている。その上気した顔には照れもあり、恥ずかしさもあるだろうけれど、やっぱり幸せそう。

「じゃあ、次はわたくしにお願いしますね……。こんなに焦らされるのは、わたくしだってつらかったんですから」

「えっ？」

確かにさっきそんなことを言っていたけれど。

「あのっ、い、今すぐですか……？　それはちょっと……疲れてますし」

「ダメです」

そのまま押し倒されたジルのすぐ横には、ソフィーがいる。

さっきまではずいぶん幸せそうな表情だったのに、今ではなんとなくじとーっとした冷気を感じる目つきに変わったソフィーが。

「ジルは節操なしです……」

「そ、そんなこと言われても！　責めるなら女王様も責めてくれよ！」

「でも、ジル殿のここは節操なしには違いありませんわね……」

腰のあたりにうずくまってチュッと亀頭にキスした女王様が、言わなくていいことを言ってすでに勃起が回復している事実を知らせてしまう。

なんとなくうやむやになってソフィーも状況を受け入れてしまったようだけれど。

（す、すごくやりづらい……）

それぞれに関係を持ってしまったことが、それぞれの女性に知られてしまって。

（もしかして、これからはこんなことが続くんだろうか……）

どんどん背負う荷物が増えていくジルだった。

※

ベールセン王国のカジノに闘技場ができたという話は瞬く間に近隣へと広がっていた。

結局、そんなに強いモンスターを揃える必要はなかった。そもそも闘技場自体の物珍しさだけで、人を集めるだけなら充分だったのだ。

今ではスライム君だけでなく、おばけコウモリ君やオオヘビ君といった、弱いモンスターの各界代表に餌付けが成功し、日々闘技場で熱い戦いを繰り広げてくれている。

その結果、隣国からのお客が倍増し、遠方からわざわざ観光に来るお客さんまで出始めている。売り上げが安定したのはもちろん、従業員の待遇も上がったことでみんなやる気を出しているし、なんだかいいことずくめだ。

「まぁ、闘技場に関しての手腕は素直に評価してあげる。正直、ここまで早く目標額を達成できるとは思わなかったわ。ギャンブルの腕も上がってるみたいだし……」

そう言って、アリスティア王女が手札を開いて勝ちを宣言した。

「くそっ、いいところまでいったのに……！」

ジルはガックリとうなだれ……たが、すぐに復活。

「でも今回は惜しかったですよね！　自分でも強くなった気がしますよ！」

負けたわりに悔しくなさそうなのは、それだけ悔いのない勝負だったからだ。

今回は、いつものポーカーとブラックジャックに加え、ルーレットやバカラ、スロットといった勝負も交えての三点先取ルール。それぞれのゲームで一回ずつ勝負して、三回先に勝った方が勝ち、という方式だった。

その勝負で、ジルは二点をゲットするまでは行ったのだ。

残念ながら王女が得意なカードゲームではあと一歩で勝てなかったものの、運勝負のルーレットとスロットではちゃんと勝ちを拾えた。

(今回は無心で望んだのがよかったのかもしれない……これって無欲の勝利だな！　まぁ、結局は負けたんだけどね)

カジノ経営もうまくいっているしカジノゲームの奥深さにも目覚めてきたし、なんだか最近、ギャンブル自体を楽しめているような気がする。

アリスティア王女が、負けたくせにニコニコしているジルを見つめている。

「……気味が悪いわ。腕が上がったって言っても、ようやくわたしの足元が見えてきたかなー、ってぐらいなんだからね！　ちょっと褒めたくらいで調子に乗るんじゃないの」

言っていることは辛辣だが、それなりに自分のことを認めてくれてはいるようだ。

（ふふふ……なんだか充実してるなー）

勇者がカジノオーナー生活に充実感をおぼえていることの善し悪しはともかく、それはジルにとって素直に嬉しかった。

「ま、いいわ。次は一週間後、この売り上げを維持できてたら勝負してあげる」

「え？　それだけでいいんですか？　最近は売り上げが安定してるから、そんなの簡単すぎるんじゃ……」

「うるさいわよ！　文句あるの⁉」

文句はあろうはずがない。ただ、これではなんだか……。

「じゃ、そういうことで今日は帰るわ。あー忙しい忙しい」

そんな言葉を呟きながら、王女はさっさと帰ってしまった。

（なんだか、俺との勝負を楽しみにしてるみたいに感じられるんだけど）

ぼんやりとそう思って、ジルはお茶を啜った。

第五章　ピュアブラフ

アリスティア王女との勝負は、これでもう何度目になるだろう。
以前のように「売り上げを維持できたら」なんて条件はもうなくなったに等しい。
週に一回は様子を見に来る王女にジルが勝負を挑み、勇者装備を賭けてゲームに興じる
——それはもはや恒例行事のようなものだった。
とはいえ、勝てない。何度も何度も何度も負けて、勝ちは唯一、ソフィーを賭けた勝負
での例外があるだけ。最近はいい勝負ができるようにはなったけれど、あと一歩が届かな
いで負け続けている。
——それが今日、変わるかもしれない。
その日、王女様はふらりとやってきた。
いつものようにカジノ内の個室ホールに案内し、いつものようにお茶を出して、いつも
のようにブラックジャックで勝負することになったわけだが。
ジルは、今までにない手応えを感じていた。
(と、いうか、王女が弱い……！　もしかして体調でも悪いのか？)
なんだかぼーっとして心ここにあらず、といった様子の王女は、ジルがなにかしなくて

もミスをやらかす。手札が20なのにもう一枚引いてしまってバースト、なんて、いつもの王女なら考えられないミスだった。

「ふぅ……」

溜め息をついたお姫様は、なんとなく危うい手つきでカードを切っている。

（なんだか相手の不調に付け込むのは気が引け……いやいや、ギャンブルではそれも重要！　それを教えてくれたのは王女自身だし！）

それに、いくら不調でも勝負は五分五分。ようやくジルが太刀打ちできるというレベルだった。気を抜いたら負けるのはこちらだ。

（ならば勝とう！　初めての勝利を——勇者の剣をいただこうじゃないか！）

脳裏に思い描くのは、立派な剣を携えた自分の姿……。

（いける！　この勝負は勝つぞ！）

ジルは配られたカードを見て……そこにAのカードがあったことに勝利を確信する。これはカードの合計数字が21に近い方が勝つゲームだが、Aは1か11か、自分の都合のいい数字に見立てることができる便利なカードだ。いい流れが来ていた。

「じゃ、わたしからね。どうしようかな……」

なんて呟きながらカードを引いたアリスティア王女からは、やっぱり覇気が感じられない。おかげでこっちも相手の自信のほどが読み取れないけれど、構わない。

（ふふん……そんなんで勝てるほど甘くないぜ！）

勝つ気満々だった。……数秒後までは。

「はい、わたしの勝ち」

「………ん？　なんで？」

「なんでもなにも、ほら、揃ったから」

王女がやる気なさそうにテーブルに投げたカードの数字は、ちゃんと21になっていた。

「ってそんなあああああああ…………！」

駆け引きに持ち込む前に負けてしまってはどうしようもない。

カードを投げ出してテーブルに突っ伏すジル。まあ、いつもどおりではあった。

「今日もまた負け……。せっかく勝てそうだったのに……」

「ふふっ、勝てそうだと思った？　そこまではわたしも甘くないわよ？」

少し微笑んだ王女が紅茶カップに手を伸ばす。

「でも、勇者装備なんて、もうあげちゃってもいいんだけどね……」

そしてひとくち紅茶を啜ると、再び溜め息をついて、亜麻色の髪を撫でながら物思い。

さすがにジルも首をひねった。

本気ではないにしろ、あれほどこだわっていた勇者装備をあげてもいい、なんて。お金にシビアな王女様がそんなことを言うなんて、やっぱり変だ。

（体調が悪いというか……なんか悩んでる？　忘れがちだけどこれでも王女様だし、財政がどうのこうの、大臣みたいな仕事までしてるみたいだしな……）

「……心配事でもあるんですか？」

　つい、そんな質問を口に出していた。

「別に……考えなきゃいけないことがいろいろあっただけ。なんでもないわよ」

「そのわりには、今日はずいぶん……。いろいろって、なにかあったんですか？」

　ジルが聞いたところでどうなるものでもないだろうけれど、なんだか気になる。普段はそんなことないのに、今日は妙に好奇心が疼いてしまった。

「しつこいわね……」

「だって気になるじゃないですかー」

　駄々を捏ねるジルに眉を顰めながらも、王女はやっぱり思案顔。それからちょっとだけ間をおいて、口を開いた。

「この国がなくなるかもしれないのよ」

　国がなくなる？　というと……。

「……なんでっ⁉」

　ありがちな理由なんて思い浮かばず、ジルは一瞬考え込んでしまってから素っ頓狂な声を上げる。

「なくなるというか、吸収合併ね。わたしがお隣の国に嫁いで、子供が生まれたらその子に王位を継いでもらって合併しましょう、って話」

「はあ……結婚……ですか」

庶民に比べたら、王族貴族は婚姻やら婚約が早い。それくらいは知っているけれど、ずいぶんと急な話だ。目の前の、この王女様が結婚……なんだか想像できない。

ぽかーんと口を開けたジルを見て、アリスティア王女が苦々しい顔に。

「なによ……だから言いたくなかったのよ」

「でも、いきなり縁談が出てくるとは……。なんでそんな急に？　前からあった話って感じじゃないですよね？」

「えっ？　そ、それは……まあ……」

急に言葉を濁した王女を不思議に思いながら、さらに聞いてみると。

「最近、このあたりに魔物が増えてるらしいのよね……」

「あ……そういえばそんな話をしてたような」

この頃、カジノに来る客達がそんな話をしていた。客足が落ちるほどでもなかったからたいしたことではないだろうと思っていたのに。

「影響が出るのはこれからよ。この前なんて、魔王直属クラスの魔族を見た者もいるって話が出て……。このあたりを魔王軍の本拠地にするつもりなんじゃないかって」

「魔王直属⁉　それってつまり……」

　この百年は大人しくしていた魔王がいよいよ復活する……ということだろうか。

「わたしだって王女なわけじゃない？　しかも王位継承権を持ってる王女なわけ。だから元々、あちこちから縁談の話はあったんだけど……」

　ちょっと自慢げながらも、面倒くさそうに。アリスティア王女は「ふぅ」と溜め息を挟んで続けた。

「今回の、その魔王復活騒ぎでその話が再燃しちゃって。不測の事態に備えるために、隣国と結んでおいた方がいい、ってことに……。ほら、王位継承権があるのはわたしだけだから、後継者に関しての不安があるのよ、この国は」

「そうだったんですか……」

　正直に言えば、ジルには想像しづらいお家事情。だが、理屈はわかる。

「女王様はなんておっしゃってるんですか？」

「そりゃあ……お母様だって後継者については心配してるわよ。悪い話じゃないだろうし、いい機会だからって……むしろ乗り気で困ってるのよね」

　話を聞いていると、王女はあまり乗り気ではなさそうだ。

「それでなんだか急に話が進んじゃって。婚姻はまだでも婚約だけでもすぐにしてしまったらどうか、なんて話になっちゃったのよ……」

「王女様自身はそれでいいんですか？　なんだか、周囲に勝手に決められてるような感じじゃないですか」

「わたしだってそんな大事なことは自分の意思で決めたいわよ。でも仕方ないじゃない」

やっぱりそう思ってはいるのか。王族というのはいろいろ大変だなぁ、とお気楽なジルとしては同情せざるを得ない。

「でもそれだと困るな……」

「え？　ジ、ジルもそう思う？」

それはそうだ。

「だって、俺がカジノのオーナーをしてるのは、元はといえば勇者装備を手に入れるためですよ？　王女様がお嫁にいっちゃったら俺はどうすればいいんですか。そりゃ最近はオーナー業も楽しんでたりしますけど、いや、それ以前に、カジノはどうなるんだろう？　勇者装備一式、まとめて王女様の嫁入り道具なんてことになったら……」

「…………」

無言のアリスティア王女が紅茶カップをすうっと置いて。

「知らないわよそんなの！」

そのまま椅子を蹴った。どすんどすんと足音を鳴らして部屋を出ていく。

「……あれ？」

なんでかしらないが、怒らせてしまったようだった。

※

翌日、女王がカジノを訪れた。

「そういえば王女様から聞いたんですけど、この国の合併話があるとか」

ちょうど昨日の話を聞いてみようと思っていたところだったので、お茶会ついでに尋ねてみることにした。

「ああ、その話ですか。アリスティアから聞いたのですか？」

「ええ、昨日聞きました。そんな大事なこと、なんで教えてくれないんですか……」

「…………あら？」

と、ジルから尋ねられた女王様はなぜか首をひねって考え事。

「私も今が初耳です。ジル、そんな大事なこと、なんで教えてくれないんですか？」

代わりに横から口を挟んできたソフィーが、紅茶カップを片手に睨みつけてくる。

「あはは……そういやソフィーに話すの忘れてた」

「はぁ……ジルはまったく……」

三人で仲よくお茶会。

窓からは爽やかな風が吹き込んでくる、まったりした午後のひとときだった。

「ジル殿に説明する時、アリスティアはなんと言っていましたか？」

「え？　えーと、最近このあたりに魔物が巣くってて、魔王の復活が近いんじゃないかという話になって……それに危機感を抱いた国同士で合併する、と聞きました。それで王女様が隣の国に嫁ぐことになってるとか……女王様もその話に賛成なんですよね？」

「……なるほど、わかりました」

なにがわかったのかがジルにはわからない。

「つまり、その話は誇張されているということです。確かに魔物が増えていますし、やっかいな魔族まで姿を現している、というのは事実ですけれど」

「じゃあどこが誇張されてるんです？」

「合併の話ですよ。それはごく一部でそういう案が出ているというだけです」

なんだか話が違う。王女の口ぶりだと、もう本決まりといった感じだったのに。

「アリスティアの縁談だって同じですよ？　わたくしはその話に賛成しているわけではないですし。それ以前に、わたくしが賛成したところで、あの子が嫌がっていたら言うことなんて聞いてくれません。わたくしはダメな母親なのです」

自虐的に溜め息をついてフォローの言葉を待つ女王様。

「そんなことはないです。女王様は、母親としても女王としても人格者であらせられます！

……とでも言って欲しそうですね」

「うふふ、ジル殿は気が利きますね。鈍感でもありますけど」

「……え？　……そうですか？」

なにが鈍感かわからないでいると、やっと状況を理解したソフィーが疑問を口にした。

「ですが、なぜ王女はそんな誇張を？　お嫁に行きたがっているのでしょうか」

「あら、ソフィーさんも意外に鈍感さんのお仲間なのね」

「……え？　どういうことでしょう？」

「つまり、わたくしが思うに……。アリスティアはジル殿のことを気に入っているのですわ。だから話を誇張して、ジル殿に気に懸けてほしかったのでしょう」

にこーっと微笑んだ女王様はいつものいたずらっ子の笑いになっている。

「いやいや、それはないですよ。この話をしていた時の王女様、すごく悩んでいる感じでしたよ？　あれが演技だったとは思えません。本気で勘違いしていたのでは？」

「カードゲームでブラフを使われたことはないですか？　あの子、演技はうまいのです。それに、勘違いが起こるほどの話でもありませんし……」

「またまたー。女王様は、俺とアリスティア王女の普段のやりとりを知らないからそんなことを……」

いつもお忍びでやってくるラウラ女王は、このカジノでジルと王女が話している場面には居合わせたことがない。

つまり、自分がどのように扱われているかをわかっていないのだ。

「そうですよ。ジルはいつも、王女からは馬車馬かなにかのように扱われています」

ソフィーも同意した。馬車馬は言いすぎだろう、と思ったけれど。

「そうかしら？　あの子、最近はよくここに顔を出すのでしょう？　アリスティアは自分が嫌うことにはまったく関心を持たない子ですのよ？」

「それは、ジルに関心があるのではなく、ジルとの勝負を楽しんでいるのでは？」

ソフィーの的確なツッコミが入った。本人がいる前で使う言葉にしてはキツいけれど……彼女がこちらをチラリと見て、ふふん、と鼻を鳴らす。ソフィー……わざとだ。

「もちろんそれもあるとは思いますよ？　でも、それだけではありませんね」

女王様が言うとなんとなく説得力が出てしまうから不思議だ。

「ふふっ……、まあ、この件はあの子の勘違いということにしておきましょうか」

楽しそうにそう呟いて、ラウラ女王は紅茶を啜る。

「ともかく、わたくしはこの国がなくなるようなことをするつもりはありませんよ」

「そ、そうですね。それを聞いて安心しました……」

とりあえず今までどおりだ。心配事は少ないに越したことはない。

「でも……魔物の脅威があることは確かなのです」

しかしラウラ女王様はそうではないらしい。付け足すように呟いてジルを見つめる。

「勇者の装備品が魔物を呼び寄せる……ジル殿は最初に会った時にそんなことを言ってい

ましたね？」

そう言われてハッとした。

「あ、そういえばそうですね。もしかしたら本当に……？」

ソフィーも同意見なのか、その可能性を吟味するように何度も頷いていた。

「魔王復活を狙っているとしたら、勇者装備は魔王軍にとって脅威になりますからね。魔族クラスが姿を現しているとなると、その可能性はあります」

「でしょう？　だから、放っておくわけにもいかないと考えているのです」

我が意を得たりと頷いた女王様が、なんとなくわざとらしい溜め息。

「はぁ……せめて誰かがその魔物達を退治してくれたなら……。当分は心配せずにいられるのですけれど」

と言いながらチラッとジルを見てくるラウラ女王だった。

（女王様……わざとらしい）

さすがになにを言いたいのか理解したジルも溜め息をついた。自分に対して「働け」と言っているのだろう。まあ、勇者だし、わかるけれど。

「ジル！」

そして意気揚々と声を上げるのはいつもソフィー。

「勇者として！　そのパーティーメンバーとして！　私達が魔物退治に行くべきです！」

目をキラキラさせて宣言した。勇者パーティーと言っても二人しかいないのに。

「まあね、俺だって勇者としてのプライドはあるからね。魔物退治するのにやぶさかではないけれど……なんでそんなに乗り気なんだよ……」

「ソフィーさんは、ジル殿は勇者として立派であってほしい、って思ってるのよね？」

「その通りです！　カジノはしばらく空けても大丈夫なように私が準備をしておきますから、明日の朝には出発しましょう！　久しぶりに勇者として働けるチャンスですよ！」

うふふ、と微笑むラウラ女王に恋心を揶揄されたことにも気付かず、ソフィーはやる気満々だった。

「はいはい……」

魔物退治は別にいいけれど、たまには自分にもリーダーシップを取らせてほしい、と溜め息交じりのジルが紅茶を啜る。

その翌日、旅装になったジルとソフィーは、近隣の魔物の巣へと旅立ったのだった。

※

「くっ！　こいつがボスか……！」

「かなり強いです。気を抜かないでください！」

ジルが右から、ソフィーが左から、剣を構えて巨大な鎧の騎士に向かっていく。

相手は、魔王から疑似生命を与えられた魔騎士だった。

その身長はジル達の二倍、腕は四本でそれぞれに剣を持ち、その胴体を分厚い鎧に包んでいる。ジルの何倍も生きているだろう相手には高い知能もあり、一筋縄ではいかない。

街を出てから三日を旅し、崩れかけた古城に突入してから早一日。迷路のようになっている地下通路を突破して、ようやくコイツのもとに辿り着いた。

その地下には岩をくりぬいた大きな部屋が作られており、まるで作戦室のようにテーブルや椅子が並んでいる。予想どおりと言うべきか、魔物達はここに集結して、ベールセン王国に攻め入る準備をしていたようだ。

「こいつら、やっぱり勇者装備を奪うつもりか！」

「そのようですね。放っておいたら大変なことになります！」

四本の腕から繰り出される剣撃を受け流しつつ、それでも会話する余裕があるのはここまでの旅の成果。ジルもソフィーも、それなりに場数は踏んでいる。

（ええい、攻撃の手数が多い！　まずはこの攻撃をなんとかしないと……！）

しかし、相手もさすがに中ボスと言ったところか。二人がかりの攻勢を四本の腕で受け止め、逆に圧倒しようとしてくる。

「それならっ！」

ザシュウウッ！

ジルが腕の一本を切り落とすと、向こうでもソフィーが一本切り落としていた。同じことを考えたようだ。

(よし、いける！　このまま腕を減らして力押しでっ！)

一人であれば難しい相手だったが、ソフィーのおかげでなんとかなりそうだ。

そのままジリジリと魔騎士を追い詰め……。

「っ……ハッ！」

気合いと共に振り下ろした剣でもう一本の腕を落とす。一拍遅れて、ソフィーも向こうで残りの腕を切り落とすことに成功。

すべての腕と剣を失った魔騎士が傷口から黒い霧を吹き出して膝をつく。いくら分厚い鎧に身を包もうが、武器をすべて失ってしまっては反撃のしようがないだろう。

『ぐっ……やるなニンゲン。だが、このまま負けはせん……』

「ふん、負け惜しみを言うじゃないか」

剣を突きつけ、ジルは余裕の笑みだ。

「せっかくだからいろいろ聞かせてもらおう。お前達、魔王復活を企んでるのか？　ベールセン王国を……そこにある勇者装備を狙うのもそのためか？」

『フフッ、その通り……』

あっさり認めた魔騎士は、兜の下から笑い声を吹き出させる。

『たとえ我が敗れようと、すぐに第二第三の――』

「あ、それ系のセリフはもういいです。変なフラグは立てないでね」

ジルが剣を振りかぶり……ズバシュウッ！　とトドメを刺した。

——つもりだった。

「……んん？　なんか、変だぞ……」

「ジル、気をつけて！」

このまま負けはしないと言った魔騎士の狙いはこれだった。

魔王の魔力を凝集して作られた疑似生命は、つまりは危険な魔力の塊だった。それが滅びる時、残った魔力は暴走する。

「うっわわわわっ⁉」

がらんどうになった魔騎士の鎧が床に落ちると同時、一気に弾けた黒い霧が間近にいたジルの足に絡みつき、あっという間に周囲を包み込む。

「早く逃げ——」

駆け寄ろうとしたソフィーの言葉が、途中で大音響に掻き消されてしまう。

どぅうううううううううんっ‼

すさまじい爆発が起きた。

「ジル！　ジルゥウウウ——————ッ‼」

※

「あの時は死ぬかと思ったよ……」

帰りの街道を歩くジルが苦笑いしているのを見て、隣のソフィーは「やれやれ」と呟いてこめかみを押さえた。

　幸運なことに、ソフィーに大きなケガはなかった。

　ひっくり返ったテーブルや椅子の山に埋もれて、爆風から逃れることができたからだ。

　そして爆心地にいたジルは……。

「まさか地下水脈があるなんてね。いやー危なかった」

　爆発の寸前に床が崩れ、岩盤をくりぬいて流れていた地下水脈の川に落ちたのだった。

　そのおかげでケガひとつない。ソフィーでさえかすり傷くらいは負ったのに、最も危険な場所にいたジルがまったくの無傷。ソフィーとしては釈然としないものがある。

「ただ、ひとつハッキリしました。ジルの幸運の力は以前どおりです」

「ああ、そういうことになるかな……」

　確かに今回の窮地で発揮したのはジルの幸運の能力だろう。戦いのあと疲れてしまって休憩を挟み、半日も出立が遅れてしまったことも、以前までの経験則に合致する。

　ジルはこれまでのことを少し思い浮かべてみた。

　初めてのカジノで勝ちまくっていたのは……あれはただのビギナーズラックだろう。窮地ではなかったし、能力が発揮されたような実感もなかった。

そのあとに王女と勇者装備を賭けた勝負をすることになったが、そこからはボロ負け。むしろ窮地に陥れば陥るほど不運続きで、いまだに王女との勝負で一勝もできていない。

「だから、魔物相手にしか発揮されない能力だと思ったんですよね」

「うん。でも、そうではなかったのはソフィーを取り返した時の一戦で判明したけど」

あの一件のせいで、幸運の能力が発揮される基準がわからなくなってしまったのだ。

たとえば「勇者装備は特殊なものなので、それに関しては能力が反発してしまう」なんて可能性ならいくらでも考えられたけれど、ソフィーを取り返すことだって勇者装備を得るための行為だし……どれも説得力に欠ける。

「そして今回は、魔物相手のピンチでちゃんと幸運が発揮された……」

これでいかにもありそうだったもうひとつの可能性が消えた。「この国に来てジルの周囲の環境が変わってしまったので、幸運能力がおかしくなった」という可能性だ。

（あれ？　待てよ……そういえば）

ゴタゴタしてすっかり忘れていたけれど、もうひとつおかしなことがあった。

（闘技場でソフィーが負けた時……あれも俺の能力がおかしな方に働いたっぽいんだよな……。ソフィーは知らないだろうけど）

ジルはちっぽけな全財産をソフィーの全勝に賭け「これは絶対に勝てる勝負だ！」と思っていた。結果としてソフィーはあり得ないような不運に見舞われ、一戦目で負け。

あの状況をよく考えてみると、ソフィーを取り返すための勝負で大逆転した時と似ている。絶対勝てると思って負けてしまったか、絶対負けると思って勝ってしまったか。それが逆になっているだけだ。

「あ！」

そこまで考えた時、ジルの頭に閃くものがあった。

「勝とうと思うと負けて、負けたいと願うと勝てる……」

「え？　でも、今回は魔物相手の戦いで幸運だったじゃないですか。じゃなきゃジルは、今頃バラバラになって死んでます。死にたいと願ってたんですか？」

怖いことを言う。けれど、まさにその通り。

「だから、魔物相手のピンチじゃないと正しく幸運の力が発揮されない、って最初に考えたのは当たってたんだよ。問題は、それ以外の時に……」

「王女との勝負に勝ちたいと思えば思うほど不運な結果に……。そして、わざと負けて私を脱がそうと思うと勝ってしまう……。確かに辻褄は合いますけど……」

ちょっとトゲのある言葉だけれど、まあ、だいたい合っている。

「でも、それだけなら偶然かもしれません。他の要因だって考えられるのでは？」

「いやね、ソフィーが知らないところで、もうひとつ『あり得ないような不運』が起こったことがあってね。絶対に勝てるような勝負ではあったんだけど、その時は全財産を賭けてたから、すごくピンチな状態だったんだ。そうしたら俺の願いとは逆に不運なことが起こって、全財産を失うことになって……」

その不運に巻き込まれ「折れるはずのない剣がぽっきり折れてしまう」という災難に見舞われたのはソフィー自身だが、これは黙っておくとして。

「とにかく。そう考えると、これまでの出来事にはすべて納得がいくんだよね。勇者装備が欲しくて『勝とう勝とう』と思うと全然ダメなのに、それを忘れて単純にゲームを楽しんでる時には意外と健闘できたりして」

言っているうちに、推測だったものがどんどん確信に近くなっていった。

「絶対そうだよ！　間違いない！」

勇者装備を手に入れるのは運命だ！　なんて思い込んで勝手な私欲で幸運を望んでも能力は発揮されないし、ピンチに陥った時にも幸運の女神は舞い降りない。むしろ正しい力の反動として能力が反転し、望みと逆のことが起こる不運に見舞われてしまう。

「勇者の能力は万能ではないということですね。幸運によるメリットばかりではなく、デメリットもあったということですか」

「そういうことになるかな。私利私欲で動いて危機に陥っても自業自得、窮地には誰も助けてくれず、むしろ天罰が下る……まあ、勇者らしいと言えばらしいけど」

「でもそれって、ギャンブルにおいては致命的な弱点ですよね」

「………そだね」

ソフィーに指摘され、ようやく自分の能力を把握できた晴れやかな気分は吹っ飛んだ。

勇者としての旅を中断し、カジノのオーナーをしていること自体が窮地みたいなものだ。

そんな、能力が発現しやすい状態で私利私欲での賭け事なんてしてしまったら、ただでさえ運要素が介在しやすいギャンブル、不運に傾く幸運能力がモロに発揮されてしまう。

「なんてこった……これじゃいつまで経っても王女に勝てないじゃないか！」

ジルの絶叫が青空に吸い込まれていった。

※

旅に出てからちょうど一週間。ようやくベールセン王都に帰ってきたわけだけれど。

門が見えたあたりで、なぜだか大勢の人だかりがあるのに気付いた。

「帰って来たぞ！　勇者様だ！」

「はっ？　な、なんだ⁉」

しかも、一人がジル達を見つけて叫ぶと、集まっていた人達が一斉に駆け寄ってくるではないか。状況がわからない。

「な、なんだなんだ⁉　なにごと⁉」

慌てるジルが逃げようとするも、あっという間に取り囲まれてしまう。

「勇者様がお帰りになるって報せを受けて、みんなで待ってたんですよ！」

「勇者様ばんざーい！　ベールセン王国ばんざーい！」

理解できない熱狂で市民に迎えられ、さすがのソフィーも顔が引き攣っている。

「女王陛下だ！　女王陛下もいらっしゃったぞ！」

誰かの声で一斉に皆が振り返ると、そこには六頭立ての大きな馬車が。

侍女が走り出て地面に赤絨毯を転がす……それがこちらの目の前でちょうど途切れ、馬車からジルまでの絨毯の道ができた。

そして姿を現したのは、もちろんラウラ女王。しずしずとその道を歩き、ジルの前で止まった。ソフィーから袖を引かれて、ようやく跪く。

「勇者ジル、お見事でした。まずはこの国を救ってくださったこと、女王として礼を言わせてください」

「はっ、はあ……えと、お褒めいただき、恐悦至極です……」

いつもと全然違って見える女王様と、いつもと全然違うかしこまったやりとり。

(この国を救った？　どゆこと？)

ますますもって、状況が呑み込めない。

「お二人とも、これから王宮にいらしてくださいませんか？　お礼をしたいのです」

「はい、それは構いませんけど……」

「では馬車で一緒にまいりましょう。さ、こちらに」

すすっと馬車に戻っていく女王様のあとをついていくジル達。その左右からは「勇者様ばんざーい」の大合唱だ。チラリと横を見ると、ソフィーは雰囲気に呑まれてしまって、目をウルウルさせて今にも感動の涙を流しそうになっている。

「ほら、ソフィーったら泣くなよ。ちゃんと見えてるか？　乗り口につまずくなよ？」

「み、見えています。私はずっと夢見ていました。こんなふうに市民に祝福され、栄光に包まれたジルの姿を……」

ちょっとトリップしてしまっているソフィーの腕を引き、馬車に乗せると。十人くらいなら乗れてしまいそうな大きな馬車はすぐに動きだした。

窓から後方を覗いてみる。相変わらず「ばんざーい！」を繰り返す市民達の群れだ。

「うふふ、ごめんなさいね。ほら、一応女王ですから、国民の前では威厳を保たないと」

その声で前を向くと、ようやくいつものラウラ女王が微笑んでいた。

「なるほど、王も大変ですね……。じゃなくて！　国を救ったって、どういうことです？　なんでそんな話になってるんです？」

「あら、そう聞いていますよ？」

女王の説明によれば、数日前に街道で出会った旅商人が一足先に王都に着いていて、ジル達が帰ってくることを知らせたらしい。

確かに旅の途中で旅商人としばらく一緒になって「魔物を退治してきたところなんです

よ」なんて雑談はしたけれど。

「それがなんでこの国を救ったことに？」

「でも、魔物達はここに攻め込もうとしていたのでしょう？　それを退治してくれたのだから、当たり前ですよ」

「まあ、そう言えなくもないですけど……。それにしたって大袈裟な……あれじゃ褒められるこっちが恐縮しちゃいますよ」

「うふふっ、あっという間に噂が広まってしまったのよ。『なぜか郊外のカジノを経営してる勇者様がこの国を救ってくれたらしい』なんてことを言われてるみたいですね」

「なんですか、その恥ずかしい噂は……」

「そうそう、アリスティアもそんなことを吹聴してました。最初は『わたしに断りもなくカジノを空けて、なにやってるのよあのバカ！』なんてカンカンでしたけど」

「あ、そ、そういえば！　王女に伝えておくの忘れてました……」

「大丈夫ですよ。魔物退治の報が伝わってからは『魔物を退治したのは、借金のカタにわたしの下で働いている勇者なの』なんて、嬉しそうにあちこちで自慢してましたから」

もう明日から街を歩けない。

「でっ、でも、ジルは確かに街を救ったわけですし、そこは誇ってもいいのでは⁉」

「ソフィーはさっきから浮つきすぎだよ……」

「いえいえ、ソフィーさんの言う通りです。ジル殿がいなかったら大変なことになっていましたよ？　わたくしが思っていたより、実際は危機的な状況でした」

「うーん……」

「とにかく、今日は王宮で存分にゆっくりしていってくださいね。一度はお二人を招待して宴を、なんて思っていたのだけれど、今までなかなか機会がなくて」

「あ、でも、カジノのことが気になるんですけど」

なにしろ一週間もほったらかしだったので、なにか仕事がたまっているかもしれない。

「それならば大丈夫。ソフィーさんがしっかり役割分担をしていたおかげで、留守中にも問題なく経営できていた……と、アリスティアが言っていましたよ？　あの子も機会を見ては様子を見に顔を出していたようですし、問題ないでしょう」

「そうでしたか。それなら今日くらいはゆっくりしようかな……」

「ええ。そうしてくださいな」

嬉しそうに頷いた女王は、思い出したように付け足す。

「ああ、そういえば。祝宴にはこの国の重臣やこの街の主立った者達も呼んでいますから、ようやくお二人を紹介できますね」

※

「全然ゆっくりなんてできなかったよ……」

祝宴に招待されたジルは、上流階級の宴というものを体験してぐったりしていた。

余計な気遣いをしなくてよいようにと、立食パーティーになったまではよかった。けれど、食事に手をつける暇もなく、次から次に挨拶にやってくる重臣達や街の実力者の対応で大わらわ。その顔はもうほとんど忘れてしまっている。

ようやくジル用の部屋に通され、着慣れない礼服を脱いでベッドに身を投げ出したところだ。

（もう寝ようかな……）

ドレスを着て同世代の少女に囲まれたソフィーも最初こそはしゃいでいたけれど、最後の頃には明らかにげっそりしていた。今頃は夢の中かもしれない。

コンコン……とノックの音。

（あー、もうこのまま寝ちゃいたい気分だけど……）

無視するわけにもいかない。

ジルがベッドから起きてドアを開けると……、

「あれ？　王女様？」

「……ちょっといいかしら？」

答える間もなくするりと脇を抜け、アリスティア王女は部屋の中へ。続いて入ってきた侍女達がテーブルの上にあるものを並べていく……。

「こ、これはもしかして」

「そう……勇者の装備品。これをジルにあげようと思って」

テーブルの上に置かれたのは、ジルが欲しがっていた勇者装備の一式。剣も兜も盾も鎧も、すべてが揃っているようだ。

侍女達が部屋を出ていくまでずっとぽかーんとして、ドアが閉まる音でやっと我に返る。

「あ、あげるって⁉ な、なぜ？ あんなに渋っていたのに……」

「……そ、それは、いろいろと考えるところがあって」

「でも……」

「ほら、ジルと初めて会った時、これのせいで魔物が集まってくるかも、って言ってたでしょ。実際にそういうことになって、迷惑をかけちゃったみたいだから……」

「あ、ああ、確かにそうは言いましたけど。でも、それにしたって」

「わたしなりに反省したのよ！ いいからもらっておきなさい！」

と言って偉そうに椅子に座った王女様だが、どうも変だ。あんなにシビアな性格の王女様が、多少反省したくらいでここまでするだろうか。

（どれだけ譲歩したって、兜一個がせいぜいって感じだけどな……）

それが装備一式とは。大盤振る舞いにもほどがある。

（あ、そういえば……。この前に会った時、「勇者装備なんてあげちゃってもいいんだけ

どね」なんて言ってたっけ)

　あれ？　と違和感に気付いた。

(それに王女様、あの時はなんかおかしかったんだよな。隣国との婚姻話が進んでる、なんてことを言ったりして……あれってやっぱり王女様が勘違いしてたのかな？)

　あれから会っていなかったから問い質す機会もなかったけれど、どういうことだったのだろう？　女王様は「気に懸けてほしいから演技したんだ」なんて言っていたけれど。

(まさかとは思うけど……)

　それがこの大盤振る舞いとも関係があるのかもしれない。

　なんとなくそう思って、ジルはさりげなくカマをかけてみることにした。

「そういえば、隣国との結婚の話はどうなりましたか？」

　すると、ピクッと肩を揺らした王女がわずかにこちらを見て、すっと視線を逸らす。なんだか気まずそうに、あるいは恥ずかしそうに。

「あ、あれはウソだから」

(ホントにウソだったんだ……でも、あっさり認めた？　ますますわからない……)

　アリスティア王女は、こちらが女王様からいろんな助力や情報を得ていることを知らない。もし女王様の言うように自分の気を引きたいなら、ここは強引にでもウソをつきとおすべきだと思うのだけれど……。

(王女様が俺に好意を抱くわけがないし、やっぱり女王様の考えすぎだな)

そう結論づけたところで、王女が首をひねった。

「あんまり驚かないのね……ウソついてたのよ?」

「え? あ、いや、ビックリしてますよ、もちろん」

ジルがすでに真実を知っているとは思ってもいない——という感じだった。やっぱり、なんでウソをバラしたのかよくわからない。

「………」

しかも、王女様はさっきから視線をあちこちに泳がせて挙動不審。会話も途切れ途切れで不自然だし、他になにか話したいことでもあるのだろうか。

と思った途端に、王女様が口を開く。

「悪かったわね、いろいろ手間をかけさせて。お、お礼に、わたしに対してもっと普通に接することを許してあげるわよ」

「はい? すみません、今の言葉の意味がよくわかりません」

勇者装備を渡さなかったせいで魔物を集めてしまって迷惑をかけたということだろうけれど、後半がよくわからない。

「バカなの? ジルはいつもわたしに対して丁寧な口調でしょ。それをやめなさい、って言ってるのよ!」

「……はい」

　お礼なのかやめろと命令しているのか、どっちかわからなかったけれど、とりあえず敬語の類は使っちゃだめ、というのだけは理解できた。

（まあ、すでに「王女様」って感じじゃないしな。そっちの方が気が楽だけど）

　心の中で「よし、これからはタメ口で、タメ口で」と何度も繰り返す。今までのクセでうっかり敬語でも使おうものなら、機嫌を損ねてしまいそうだ。

「……大変だったらしいじゃない」

「え？　な、なにが？」

　思わず「なにがですか？」と言いそうになって愛想笑いで誤魔化す。

「魔物退治のこと。かなり強い魔族も混ざってたんでしょ……？」

　なるほどその話か。ジルは聞こえないよう密かに「ふふん！」と鼻を鳴らした。

　いつも「しょぼい勇者ね」みたいな視線で見下される身としては、ここぞとばかり武勇伝を自慢しておきたい。なにしろ、王女が勇者装備を自分に渡さなかったせいで魔物が集まってしまったわけだし、現在の彼女はそれを反省している様子。別に恨んでいるわけではないけれど、これまでさんざん苦汁を舐めさせられたのもあるし、ここで一気に株を上げるくらい大袈裟に自慢したって罰は当たらないだろう。

「いやー、確かに強いのがいたよ。腕が六本、足が三本もあるでかいのが！　強いの強くないのって、もちろん強いんだけど！　でもまあ、あれくらいの魔物、この国のため、王女様のためなら楽勝、楽勝！　もう、ザコ敵と合わせて斬っては投げ斬っては投げ、みたいな感じで……ふふふふ、ふふ……ふ？」

ジルはアリスティア王女の顔を見て、思わず言葉を止めてしまう。

彼女は目をまん丸くして、驚いたような顔をして、しかも頰を真っ赤にしていて。

（なんで……？　俺、なんか変なこと言った？　誇張したのバレた？）

いよいよもって変だ。理解できない。なぜ自分の自慢話でそんな顔になるのか。

「そ、そう……なんだ。わたしのために……」

あれ？　とジルは気付いた。

（そういえば王女様の縁談って……近隣に魔物が出没するからそれに対抗するため、って感じの理由だっけ……）

「ねえジル。それってやっぱり、わたしのために魔物退治をしてくれた、ってことなのよね？　縁談の話を聞いて、その原因をなくすため……ってことでいいのよね？」

「………え？」

頭の中で切れ切れになって絡まっていた糸が、ぴーんと一本に繋がった。

（もしかして王女様、俺が魔物を退治したのは「結婚の話が持ち上がった原因である魔物の脅威を消して破談にするためだった」って思ってる？）

ジルとしては、女王様から縁談なんてあり得ないと早々に聞かされてしまったので、そんなつもりは毛頭なかったけれど。王女様は女王様とジルとの繋がりを知らないわけで。

（えーっと）

ちょっと王女様の思考を想像でトレースしてみよう。

女王様から押しつけられた感がある魔物退治も、王女様からすると「ジルは誰に命令されるでもなく魔物退治に出かけた」ということになる。

となると次は「何日もカジノを放り出してまで、なんでジルは魔物退治に？　それは勇者装備よりも大事なことなの？」といった感じだろうか。怒っていたらしいし。

そして王女様はいろいろ考えた末、可能性がいくつか残る。「ジルは勇者だから、その義務感で魔物を退治しにいったのかもしれない。でも、もしかしたらわたしの縁談を破談にするためなんじゃ？」といった具合に。ハッキリわからずモヤモヤすることだろう。

ラスト。そんな疑問を抱いていたところに、ジルの口から「王女様のため」なんて言葉が飛び出した。すると「やっぱり、わたしのウソを真に受けて、結婚を破談にするためだったのね！」と思い込んでしまうのは、まあ、わかる。

「…………いやっちょっと待って！　勘違いしてる！」

「なにが？　わたしのために戦ってくれたのよね？」

女王様に押しつけられただけだから！　と言おうとして、口をつぐんだ。女王からの助力があったことがバレるとますます面倒だ。

「勇者として魔物を放っておけなかったから！　それだけだから！」

「ああ、そう。それならそれで、もういいわ」

「ええっ!?　なんでだよー！」

もう本当にわけがわからない。ジルは混乱しまくっていた。

「そりゃ、わたしだって悩んだわ。ジルは勇者の義務感で戦ったのかもしれない、わたしのためなのかもしれない、どっちなんだろう、って」

「だから義務感で……」

「でもそうやって悩むうちに、わたしはジルのことが好きだったんだ、ってことだけはハッキリと自覚したの。ついさっきね」

「……じょ、冗談だよね？」

途端に不機嫌な顔になったお姫様が頬を膨らませた。

「ちょっと、なんで信じないわけ？　真面目に話してるのに」

「だって、合併とか縁談の件もウソだったし……」

「そっ、それは！　そう言えばもしかしてジルが止めてくれるかなー、って思ったからでしょう!?　最初はちょっとした悪ふざけだったの！」

「ならすぐバラしてくれればいいのに」

「ジルがあんまり興味なさそうにするから悔しかったのよ！　ウソだって言うタイミングを逃しちゃって、あんたはそのまま魔物退治に行っちゃうし……！」

「……それはこっちにもいろいろと事情が」

となると、女王様の推測は全部当たっていたということだろうか。今のアリスティア王女の態度は、演技なんかじゃないと断言できる。

（アリスティア王女が、俺のことを……）

なんだろう、ムズムズする。

「わたしがあのあとどれだけ悩んだか！　まったく、全部ジルのせいよっ！」

ばんっ、と椅子を蹴った王女が立ち上がり、つかつかと歩み寄ってくる。

「とにかく、そういうのはもう些細なことなの！　わっ、わたしが好きだって言ってるんだから信じなさいよ！」

「ううっ！　そ、それは……えーっと……」

指を突きつけ詰問するように告白されてドキリとした。

こういった場合、好きだと言われてどう応えればよいのだろう。お礼でも言えばいいのだろうか。

（いや、それじゃまた勘違いするかもしれないし、だいたい俺は、王女様のことは……別に……。いや、俺って、王女様をどう思ってるんだろう？）

突っ立っているジルのすぐ前に、頭ひとつ分小さなアリスティア。

彼女が、自分をじーっと見上げてくる。

なんだか時が止まってしまったような錯覚、胸が高鳴って頭がうまく回らない。

もしかしたらそれは王女様も同じかもしれない。

頬が赤く色づいている。コルセットドレスの胸元からは胸の控えめな谷間。小さめの膨らみがかすかに上下していて、その速度がちょっと速い。そして、なんだか不機嫌にも見える口は真一文字に結んでいて、それなのにふっくらした唇は少し震えている……。

さらっと腰まで伸びるストロベリーブロンドが揺れ、わずかに甘い香りがした。

(か、可愛いな……)

ドキドキと高鳴る胸が収まらず、ジルは微動だにできない。

その時、いきなりだった。アリスティア王女の顔が近づく。

わずかな息遣いと柔らかい感触が接触し、ちゅっ、と音を立ててすぐに離れていく。背伸びした王女がキスをしてきたのだった。

「う……わあ!」

一瞬遅れてビックリし、背筋が折れる勢いで仰け反った。

「し、失礼な反応！　なんで⁉　わたしにキスされて嬉しくないの⁉」

「うっ、嬉しくないわけないいんだけど！　いきなりだったから！　……っ！」

慌てて直立不動に戻って言い訳している最中に、今度は首筋に腕が巻きついてきた。そのままぐいっと引き寄せられて、さっきと同じ感触が。

「んむんんっ⁉」

「う、嬉しいんでしょ？　なら……いいわよ。っん、ふぅ、ふ……ぁぁ」

半開きだった口に唇が被さり、押し出された舌にぷにっとした唇の感触が触れてくる。触れあいながらモゴモゴと喋る拍子に吐息が口の中まで流れてきて、唇が唇でふわふわとくすぐられて、頭の芯がジンッと熱くなってきた。

触れてみるとよくわかる。なんだか強引な王女様だけれど、やっぱり少し震えていた。

「王女様……っ」

そう気付くといてても立ってもいられなくて、こちらからも少し舌を出してしまった。

お互い控えめに舌を触れあわせつつ、唇同士の接触という、緩やかで情熱的な行為に没頭していく。

(俺は……どうして王女様とキスしちゃってるんだろう……)

ぼんやりとそんなことを思うのに、このキスをほどこうという気にはなれない。

心地よい接触は脳を蕩かし、理性を蕩かす。少し舌が触れてニチャッとした唾液の感触を感じるたび、吸いついて啜り飲みたくなる。いつまでだって続けていたい。

「ふぅ……」

が、先にキスをほどくのもやはり王女様だった。

「『王女様』ってのはやめてよね。アリスティアでいいわよ」

恥じらい混じりにそっと目を伏せながらそんなこと言われてしまって、ついつい口を動かしてしまった。

「ア、アリスティア……」

「……うん」

呼ばれた名前を噛み締めるように一呼吸挟んで、ニコッと微笑んだ顔はほんのりと頬が染まっている。それがとっても可愛らしくて、胸の早鐘がどんどん速くなっていく。

(ううぅぅ……)

頭の片隅には「あの王女様相手にそんなことをしたらあとでどうなるか……!」と叫んでいる自分がいる。そして頭の大半では「アリスティアにここまでさせておいて、今さらなにを迷うことが!」との大合唱。

次第にその大合唱に押されつつあるジルだが、さらに。

「ちょっと……こ、こっちに来なさい」

「えぁ? う、うん……」

手を引かれ、ふわふわした足取りでベッドのそばへ。

とん、と押されてそこに座らされる。

「ソフィーさんとは……その……やっぱり付き合ってるんでしょ？」

「ええっ？　そっ、それは……」

「特に最近は仲がよく見えるもの。見てればわかる……」

恋人かと言われたら、ちゃんとそういった同意をしたわけではない。でも状況はどう考えたってそうだろう。女王様とは……ちょっと違う気もするけれど。

だからさすがにそれを否定するようなウソなんてつけないし、なんとなく責められているような気分にもなってしまうが。素直にこくりと頷いた。

「それはいいのよ。二人の邪魔する気なんてないし」

怒りだすでもなくそう呟きながら、やっぱりちょっと元気なさげに俯いた。が、目の前に立つアリスティアはそのまま手を動かし、しゅるっと胸のリボンをほどく。

「でも、だからといってこのまま諦めるだけっていうのは、なんか、嫌だし」

唇を尖らせ、自分に言い訳するような言葉を呟きながら、アリスティアはコルセットドレスの留め紐を次々に緩めていく。

紐を解いてもアリスティア自身の体型が変わるわけではないが、きゅっと引き締まった印象のドレスはふわっと緩んで、肩紐が自然と落ちた。

「だから、その……秘密にしておいてあげるから……」

そこまでの呟きを聞いて、さすがにジルもハッとした。

（誘われてる……⁉　秘密にするって……！）

ドクン！　と心臓が跳ね、緊張に汗が噴き出す。

「で……でもっ！　よ、よくわからないし、おかしかったら言ってよね……？」

と、駄目押しにしゃがみ込んでの上目遣い。

ベッドの縁に座り込んでいるジルの足元に身体を寄せ、太腿に手を乗せる。さわっと撫でられるその感触だけで、ジルはぴくっと背筋を伸ばしてしまった。

「あの、アリスティア？　秘密にするとか、そういうのってよくないと……」

「っ、動いちゃダメ！　これでも緊張してるんだからっ！」

「はいっ！」

緊張の手つきでアリスティアがジルの下半身に手を伸ばす。ズボンに手をかけ、ずるずると引き下ろされて……ジルはなすがままに。

「うわぁ……これがジルの。こ、こんなにおっきいんだ……」

アリスティアの独り言に責められている気分。

（お、お恥ずかしい限りであります！）

さっきキスをした時から、実はもうガチガチに硬くなってしまっていた。

ぴょんっと飛び出したペニスは真っ直ぐ上を向き、脈動に合わせてかすかに揺らいでいる。むわっと広がる熱気がジル自身にも感じられるほど。

「そっか、男の人ってこんなになっちゃうのね……」

観察するように顔を寄せ、くんかくんかと鼻を鳴らす王女様。好奇心のなせるわざだろうが、ジルからすれば恥辱に近い。

「なんだか変な匂い……」

「ご、ごめん。まだお風呂に入ってなくて……」

この街に帰ってきて急にパーティーに引っぱりだされて、着替えやらなんやらその準備で大忙しだった。さすがに匂いが残っているだろう。

「いいわよ、ジルの匂いだものね」

と言いながら、アリスティアは指をぴとっと亀頭の先に乗せる。ぷにぷにくるくる、その直立棒を回すように操縦しながら様子を確かめているようだ。

（くっ、くすぐった……ううっ、そんなに強く押さえないで！）

口に出すのも恥ずかしいので心で必死に訴えるけれど、もちろん伝わらない。

初めて触ったであろう勃起ペニスを物珍しそうにつつき、なぞり上げ……やがて大胆にもムギュッと握り込む。

「っ……、あぁ……」

ぞくりとして思わず漏らしてしまった吐息には気付かなかったようで、アリスティアは何度かニギニギと力を入れたり抜いたり。握力を調整してから手の平をそのまま上下に。

「こんな感じかしら……？　ね、ねぇ、ジル？　どうなの？」

「どうなのって……うっ！」

たぶん聞きかじった性技の知識なのだろうが、さすがに勘のよいアリスティアだけあってなかなかに心地よい。強くもなく弱くもなく、ちょどいい握力で柔らかな手の平にふわっと包まれた感じ。それが動かされると、腰の奥にある感覚がムズムズしだす。

「き、気持ちいい……」

つい正直に漏らしてしまい、「そっか」と短く呟いた王女様が嬉しそうに目を細めた。

ぷちゅ、と音がしたのは、先走りの粘液を出してしまったからだろうか。その音が手の平の上下に合わせてどんどん大きくなり、すぐに、にちゃにちゃといやらしい音に。

「ん……っ。ちゅ、はぁ、はぁ……んんっ、ちゅ、ちゅぱ……」

「うあああっ⁉　お、王女様……⁉」

唇が触れる感触に、ちゅばっと吸いつかれる感触。

思わず叫んだジルに上目遣いがちょっとムッとして、

「だからっ、っは、んちゅっ……王女様はやめてってば、はぁ、んむ……ちゅ……」

文句を言いながらも唇を何度も落として、舌をちろっと泳がせて。そこからまたちゅっと吸いついて先走りを吸って。フェラチオにしては軽い行為なのに、腰の骨が蕩けそうな気持ちよさがある。

「はふ、む……ちゅっ、んん……」

しかも、そのスピードが速く、激しく。ペニスを舐めたところで美味しいわけもないのに、アリスティアがどんどん夢中になっていくのがわかる。

「なんだか、んっ、ふ……この匂い、クセになっちゃいそう……。ふふっ、舐めるたびにピクピク動くのよね……ちゅっ！」

うっとりと微笑んでの独り言に危うい響きを滲ませて、何度も何度もキスを降らせる王女様。しまいにはペロッと舌を出して、その舌先でなぞり上げるようにペニスの裏側をつーっと舐め上げる。

ぞくぞくぞくっ、と背筋に痺れを走らせて、ジルは思わず唇を噛んだ。

あまりに不意打ちすぎて我慢を意識する暇もなかった。

どくどくどくくくっ！　びゅぴゅうっ！　どぷぷぷっ！

（あっ、ヤバッ……！　く、うぁっ！）

「ひゃっ……!?　こ、これ……っ!?　ジルの？」

裏スジを上がった舌先が鈴口との繋ぎ目あたりに達した途端、ぶわっと膨らんだ射精感を意識する間もない。ペニス根元から噴火した精液が盛大に打ち上げられていた。

ひときわ高く飛んだ白濁塊が、思わす仰け反ったお姫様の頬にべちゃっと落ちる。

「ふわわ……これが、男の人の精液なんだ……」

ビックリした顔でそれを指に掬った王女が、にちゃりと糸を引く粘液をじーっと見つめ、パクッと口に含む。

「んふ……」

嬉しそうに、そしてうっとりと。ちゅぱちゅぱと舐めるその表情が溶けていく。

「な、なにしてるのかな、アリスティア……」

「んむ……らって、ジルのはどんな味かなーって……」

ちゅぽんっと指を引き抜いて微笑むアリスティアは、なんだか子供っぽいことを言っているのに。その顔はすっかり頬を上気させ、唇にはぬめりのある液体が塗られていて、うっすらと額に汗を掻いていたりして……。

ゴクリ、とジルは生唾を飲む。

見た目は人形のような印象の少女。髪の毛の一本まで整えられているような繊細さを感じるのに、そのくせお転婆で、強気に上から目線で、王女様で。そんな彼女が見せる卑猥な艶っぽさに、ジルの心臓は破裂寸前だ。

「これ、また大きくなるのよね……？」

ちょっと首を傾げてペニスを握り、半萎えになって粘つく液体まみれになったモノをニュルニュルと擦り上げているアリスティア。その動作は乱雑だけれど。

「わわっ、ジル、すごい……。またカチンコチンになってきたわよ……？」

見事な回復力でペニスがそそり立っていく。

（ううっ、まだ満足しないのか、俺！）

自分の節操のなさが憎らしくもあり、誇らしくもあり。

「うあっ！　ま、またそんなにしごいて……！　アリスティア、また出ちゃうから！　あんまり強くしたらっ！」

そして、心地よくもある。

ただ、射精直後の敏感さを残した男性器が小さな手の平でニュコッ、ニュコッ、としごかれては、さすがにジルも腰が引けてしまいそう。

「そ、そっか。また出しちゃうんだ……」

ジルに止められてようやく手を止めたアリスティア。しかし立ち上がった彼女は、すすっと身体を近づけてきた。

「じゃ、今度は、ジルがして……」

そんなことを呟き、こちらの太腿にぽてっと腰を下ろす。

膝に子供を乗せてじゃれあう親と子、とまではいかないが、ジルより一回り小柄なアリスティアは背を預けて甘えるようにすり寄ってくる。

「あの、わたし、初めてだし……よくわからないから……ここからはジルにしてもらえると嬉しいんだけど……」

「こ、ここから！　どこから⁉」

その先の行為を要求してくるアリスティアにうろたえ、再び葛藤に落ちるジル。

ここまでならまだ悪ふざけで済みそうな気がする――。だが、これ以上に進むとなると後には引けない。ましてや相手は初めて。

（どうしよう。ホントにこのまま……？　でも、一時の感情に身を任せるのは！）

それはやっぱり、勇者として男としていかがなものか！　と奮起したところで、アリスティアがチラッと見上げて囁いてくる。

「ね、ジル……い、一回だけでいいの。わたしこんなの初めてだけど、ジルのことは、すっ、すす……好きだし。思い出くらい、欲しい……」

「え、えええっ？　そ、そんな！」

ストレートな告白にぐらっと心が揺らいでしまって、慌てて立て直す。

「あ、あのね、アリスティア。女の子はもっと初めてを大事にした方がいいと思うんだよね。やっ、やっぱり一時の感情で、ってのは……」

「これは一時の感情とか、そういうのじゃなくてっ！　い、いいからしてほしいの！」

なにが違うのか、男のジルにはわからない。あるいは、天性のギャンブル通である彼女にだけ備わった勘、だろうか。

どうしたものかと迷うジルに、アリスティアがきゅっと抱きついてきた。

柔らかい胸がくっついてくる感触……。普段のコルセットドレスではわかりづらい、隠された膨らみがひしゃげて。こちらの胸板に、ふにっと接触。

そしてアリスティアは、さらなる上目遣いからのひと言。

「べ、別に……責任取れなんて言わないから……」

「ううう……！」

そこまでの誘惑を受けて、我慢し続けられる男がいるだろうか。

（いるかそんなヤツ！）

ジルの中で、理性の糸がプツンと切れる音を立てた。

太腿に腰掛けるアリスティアの肩をがしっと掴む。そのままこちらを向かせ、ベッドに押し倒した。

「ひゃっ⁉　ジ、ジル……んんっ！」

上半身だけベッドに乗せて寝そべった格好のアリスティア。足はそのまま床に投げ出されて、ドレスのスカートからは真っ白な太腿が伸びていた。

そこに手を置き、すうっと撫で上げる。

「っひゃ……ん！」

くすぐったそうに目を細めるアリスティアの肌はとんでもなくなめらか。撫でる手の平に感じる柔らかさには、上質の陶磁器にも通じる上品さがある。

　ドレスはどう脱がせたらいいのかわからない。伸ばした手で肩紐をずらし、胸元を掻き開くように手を動かす。

「あっ、う……！　ジルぅ……」

　すでに紐を緩められていたドレスはほどけるように左右にはだけられ、そこから、ふっくらした白い丘陵が顔を出した。下着はつけていないようだ。

　小さめながらにしっかりと盛り上がった柔肉の丘は、仰向けでもまったく形が崩れない。ふるるっと揺れる弾力と柔らかさの頂点には薄いピンクの乳首が佇んでいて、それが儚げに見えてしまうほど可愛らしかった。

「は、恥ずかしい、んだけど……」

「でも、アリスティアの胸ってなんだか芸術品みたいだ」

　じーっと見つめているだけで満足できてしまいそうな光景に、しかし下半身がずくんずくんと疼いている。ジルはもう、その疼きに逆らう気はない。

　前屈みに覆い被さって、その乳首の蕾に吸いついた。

「ふっ、う……！　やっ、ん……」

　ちゅぱっ、ちゅ、ぴちゃ……。

　犬か猫のようにペロペロと舐めまくられ、アリスティアは切なげに震えていた。

　まだ柔らかい乳首は、ペロッと舐めればふにゃりと倒れて、唇に甘噛みすればぷにっと潰れる。乱暴にしたら壊れてしまいそう。

「くすぐったいっ、んんっ……。でもこれ、なにか変……っう！　はぁはぁ、うぅん！」

その蕾が喘ぐ声に比例してじわじわ変化する。どんどんしこりを持ったものになって、舐め上げるたびにプルンと弾かれ、乳房も一緒にいやらしく揺れてしまう。

（あぁ……アリスティアってこんなにすべすべの肌してたんだ……）

今まで触れたことすらなかった肌は想像以上になめらかで、舌を這わせるのが心地よく感じるほど。

少し舌先を動かすだけでピクピク悶える王女様も、なんだか瞳がうっとりしていく。

ジルはそのまま身体をずらし、おへそのあたりを過ぎたあたりで太腿を押さえ込む。

「さっき舐めてもらっちゃったし……お返しだ」

「えっ……？　っん！　そ、そこも、舐めるの……？」

少しだけ怯えたふうなアリスティアは、恥ずかしいのだろうか。

でも容赦しない。ジルはしゃがみ込んで彼女の太腿を肩に乗せると、そのまま顔を寄せていく。アリスティアは上半身だけベッドに乗っている状態なので、こうすると彼女の恥ずかしい場所はもはやジルの眼前だ。

ふわふわしたスカート部分をめくり、その中を覗き込む。

さすがにこちらは下着をつけていたけれど、白くて上品なそれはすでに中を透かしてしまっている。薄すぎるくらいの高級生地も考え物だ。

「アリスティア、濡らしちゃってる？　そっか、いくら王女様でもそうなっちゃうんだ」

「ななっ、なに言っちゃってるの⁉　そ、そりゃわたしだって女の子なんだから、っ、ひゃ！　あぅ……そ、そんなに……」

言葉の途中ですでにジルは顔をくっつけ、舌先を突き出していた。

ぺとり、とショーツの股布にくっついた舌先によって、ほわっと漂うアリスティアの女の子らしい匂いと、意外なほどに熱くなっている柔らかさが伝わってくる。

（なんだかいやらしいな、これ……）

うっすら透けて見える秘裂はまだ閉じているようだけれど、左右にふっくらと盛り上がる大陰唇はハッキリと見えてしまっている。

ちゅっ、ぢゅる……ぷちゅ！　ぴちゃ、ぴちゃ……。

ショーツの上から何度も何度も、割れ目を広げるように。たまにわざと狙いを逸らして、陰核や秘裂のへこみのあたりをベロッと舐め上げてみた。

「ふううっ……！　んんぅ……、はぁ、はぁ……」

そのたびにアリスティアは両手で口を押さえ、ぷるるっと太腿を震わせる。あっという間にショーツに染みこむ唾液と愛液との判別はつかなくなってしまった。

「はぅ、うううっ！　ジルぅ、んっ！　そ、そこ……」

「ん？　もっとしてほしい？」

　さすが強引に迫るほどの性格だけあって、いったん始めてしまえばその要求もストレート。むしろジルはそれが嬉しくて、ナマで舐めるためにショーツを脱がすことにした。

ねちょっと音を立て、細い糸を引いて、熱を持った下腹部から下着が離れる。下着から足先を抜くと、もう、邪魔なものはなにひとつない。

　透き通る白さを感じさせる肌の上に、髪と同じ色の薄い茂み。

んちゅ……くちっ。

　舌を伸ばして割れ目を左右にこじ開けるようにすると、まるで蕾が花咲くように、その奥までがクパッと開いた。

（ヒダが小さいから、なんだかここまで可愛らしく見えるなぁ……）

　小陰唇はぷっくり充血しているけれど、元が小さくてなんだか肉厚の花びらのよう。舌でつつっと撫でるとぷるっと震えて、まるで触って欲しがっているように感じられた。

「あふっ、ジル……ぅ！」

　指先でヒダを押さえ込み、さらに開く。肩の上に乗せた太腿がきゅっと狭まり、すがりつくように頭を挟んできた。

　小さくて敏感な肉豆がジルから隠れるように隠れている。そこに舌をぴとっと触れさせると、アリスティアの吐息が一気に弾む。

ちゅ……ぴちゃっ！　ちゅぷ、ぴちゃぴちゃっ！

「はぅぅんんっ！　そっ、こ……ぉ……。気持ちいいよぉ……！　っく、はぁ、あぁぅ……！　ジルぅ！　これっ、こんなの、んんっ！」

チロチロと舌を跳ねさせ陰核を集中的に責める。見るからに性感の度を増したアリスティアが右に左に身体を揺らし、足でぎゅっと締めつけてきた。

「気持ちよかったら、イッちゃっていいからね」

さっきは自分もあっさり達してしまったので、その意趣返し、と思ったのだけれど。

「イ、イク……？　って、ひぁあんっ！　き、気持ちいいってこと……？」

喘ぎ混じりに呟いた言葉からすると、聞いたことのない言葉だったようだ。いや、王女様であるアリスティアのことだから……。

（もしかしたら、イッたこともないのかもしれない）

そんな気がした。

そうなると、ますますイカせてしまいたい。舌だけで女性をイカせるというのは初めてで、ちょっと自信がないけれど。

ぢゅぱっ！　ちゅ、ぴちゃぴちゃっ、ちゅぷっ、ぷちゅっ！

「ふぁぁぁっ!?　はげ、し……んんっ！　はぁ、はぁ、うぅぅん！　ジル、それっ、だめぇ……！　おか、ひぃうっ！　おかしくなっちゃっ……うぅぅ！」

喘ぎに必死で呂律が回らなくなっているアリスティア王女というのは、なかなか背徳感をくすぐってくれる。

ジルも下半身をギンギンにしながら、夢中で秘裂に吸いついた。

蜜があとからあとから溢れる割れ目に舌を潜らせ、ほじるようにそのまま動かす。

かすかに開いた膣口がヒクッと震え、陰核に触れた時には王女が全身で跳ねて……。

「はぅぅ、っはぁ、はぁ、くふっ！　きっ、気持ちよすぎてっ……ひっ！　なにこれぇ、んんっ！　はぁはぁ、なにかっ、く、来る……ぅ！」

途切れ途切れに訴える王女様は、明らかに絶頂に近づいている。

ジルはトドメの一撃として、唇で覆うようにクリトリスへ吸いついた。そのまま嬲るように擦り、唇をぴとっとくっつけて——敏感な部分を丸ごと吸い上げる。

ちゅうううっ！

「ひゃぁぁぁぁぁっ!?」

ぐいん、と背筋を波打たせて、アリスティアが背を反らしていく。肩に乗った足の先もそれに合わせてピンと伸び……爪先がぶるっと震えた。

「あ、っあ！　だめぇ、なんだか、へんっ、あっ、あっ、あああぁぁっ！　ひゃ、んんんんっ！　ふぅ、ふぁぁっ！　ひゃぅぅぅぅぅんんっ!!」

王女は絶頂に達して——一瞬の間を置いて、反らしていた背中を落とす。ぼふん、とべッドに沈んだ王女の瞳は潤んで、今にも泣きそうな感じ。

だが、その陶然とした表情にはもちろん悲しみはない。むしろ幸せそうに息を荒らげ、天井を見つめている。

「あうぅ……」

感度のよさを表すように、初めての絶頂を迎えた股間からぴゅるっぴゅるっと潮が吹いている。それを浴びながら、ジルはゆっくりと立ち上がった。

「アリスティア……大丈夫？」

「ん……わ、わたし、すごく気持ちよくて……んんっ！　だ、大丈夫……」

喘ぎ混じりに応えて、そっと視線を動かす。

「うん、いいわよ……ジルの好きにして……？」

股間にそそり立つペニスを見て、ジルが求めているものを感じたのだろう。

今にも弾けそうなほど血管を浮かせた肉棒が、自分の中に入りたがっているのだということを察してくれた。

（やっぱり、可愛い……）

最初はアリスティアの方から誘って始まったこの行為だけれど、今ではジルの方がそれを求め、もう止められなくなっていた。

どくんどくんと震える胸に甘酸っぱい感情を抱き、愛しさを感じてしまうこの少女と繋がりたいという欲望を抑えられない。

アリスティアの投げ出された足を、今度は脇に抱え込む。わずかに持ち上げられた股間からは濡れそぼった蜜壷が垣間見え、狙いを定めるのに苦労はなかった。

ぴと……熱く火照った器官同士がくっつきあとは少し力を入れるだけ。

「ん……ジル、わたしね……嬉しい……」

さっきから潤んでいた瞳だが、今はそこにうっすら涙の雫を浮かべている。それがいじらしくて、ペニスがビキン！　と跳ね上がった。

ずっ……。

それをなだめすかして狙いをつけ、膣口に押しつけた亀頭をゆっくり勧めていく。

ずずっ……、くちぃっ、ぷちゅ！

愛液が押されて弾ける音が続き、そして——。

「あっ、入ってくる、入って……くっ、うぅぅんんんっ！」

ぷちり、と純血の証を破ってペニスが侵入した。

（アリスティアの中って、熱い……！）

絶頂まで至った事前の愛撫のおかげで、締めつけは強くても動けなくなるほどではない。

ただ、ヌルヌルの粘液をまとってぴったりと貼りついてくる膣粘膜にビックリするほどの熱を伝えられ、思わず喘いでしまう。

「ふっ、うぅぅ……ジルぅ……んっ」

必死に口を押さえて、今度は痛みの悲鳴を押さえているのだろう。アリスティアはわずかにジルの名を呼びながら、きゅっと身を縮こまらせて奥への到着を待つ。

ぬるぷぷぷ……ずっ、ずず……ぐりっ。

「っ！　あぁぁ……わたしの中、ジルのでいっぱいになって……ひゃぅっ！」

亀頭が最奥に到着した途端、王女様はか細い叫びを上げた。

ぴくぴくぴくっと膣全体が蠢き、肉棒をぐるりと取り囲んだ肉壁にしごかれているような感覚がある。

「ふぅ、ふぅ……だ、大丈夫だから、このまま……んあんっ、う、動いて？　わたしの中で、ジルのをもっと感じたい……」

「うん……。俺もアリスティアの中に出したいしね。このまま最後までいっちゃうけど……いいよね？」

こくりと頷くアリスティア王女に、ジルは胸を疼かせながら腰を引いていく。

ぬぷぷっ、と引きずり出されたペニスは愛液まみれだ。外に出るとひんやり冷えて内部の温かさを余計に際立たせる。

それを再び挿入すると、さっきより柔軟になった気がする膣肉の連なりが襲ってきた。

（もう慣れてきてる……？　さっきよりまとわりついてくる……ううっ！）

膣特有のざらっとした感触に亀頭を撫でられて、腰の奥がぶるるっと疼いてしまう。

それを誤魔化そうと腰を押し出すが、ますますうねりを増す膣肉が絡みついてきて、ジルはさっそく歯を食いしばらないといけなくなってしまった。

「アリスティアの中、ものすごく気持ちいい……。なんだか、ざらざらが強くて絡みついてくるよ……！」

「んはぁぁっ……！　なによ、もう……んんっ！　バ、バカにしてるの……っんん！」

「そうじゃなくて、褒めてるんだけど……」

褒め言葉なのかバカにされているかも判断できないくらいウブな王女様に苦笑いしながら、ジルは前傾して唇を重ねる。

「あっん……ふぁむ、ふっ……んん、ジルぅ……」

あっという間に瞳を蕩かし、王女様は機嫌を直してくれた。

「あっ、このままがいい……。キスしながら、して……」

「はいはい、王女様のおっしゃる通りに」

王女様扱いにも、今回は構っていられなかったらしい。アリスティアは夢中になって唇を突き出し、舌を伸ばし、ジルの唇に擦りつけてくる。

ジルも夢中になってアリスティアを貪った。

舌を激しくうねらせ、でたらめに押し出して彼女の口腔をかき回す。涎がダラダラ零れるほどに激しいキスをしていると、一体感がどんどん高まって……。

「はぅ、む……、んんっ！　ふぁ……なんらか、ん……っ、すごく……」

アリスティアが言いたいことはジルには理解できた。

抽送を続けながらのキスは相手の息遣いが感じられる。ジルは彼女の呼吸に合わせて腰を動かし、グリグリと膣奥をいじめていた。

「ひゃうっ、む……ふぁぁ！　ジル、いいっ、それぇっ……好き……ぃ！」

「そっか、んじゃ……」

ぬるるっと引いてもう一度奥まで。子宮口とおぼしきあたりをグリグリと突き上げる。きゅんっ！　と膣肉が締めつけてきた。「ふぁっ！」と短く叫んだアリスティアは目を細め、キスをほどいた唇を艶やかに揺らす。

「ふぁぁぁ……っく、いいよぉ……ジルの、すごく感じられて……んんっ！　はぅ、ぅんん！　っは、はぁ、はぁ、気持ちよくなっちゃう……！」

「アリスティア……っ」

リズムよくぎゅっ、ぎゅっと締めつけられる間隔がどんどん狭まってきて、ジルにも彼女が感じていることがよくわかる。自分の精液を欲しがっているからだ、そんなふうに感じられて、ジルもますます昂ぶってきた。

「ね、ねぇ……わたし、また……ふぁんっ！　らめぇ……そこっ、感じちゃ、んんあっ！

ひぅっ、うぅ……感じちゃうよぉ……！」

もしかしたら、またイキそうになっているのかもしれない。

ジルは細かく抽送を繰り返しながらスピードを上げ、自分のリミッターも外す。

あとはひたすら突き上げて、射精まで一直線だ。

「わかった。出すからな……！　アリスティアの奥に、さっきのをいっぱいっ……！」

「うんっ！　奥にっ！　中に出してぇっ……！　はぅっ！　っはぁ、はぁ……わたしの中、いっぱいにしてぇ……‼」

ジルは抱えた太腿をさらに引き寄せた。

それまでより深くに亀頭が届き、抽送の速度も上がる。かき回される膣内からは次々に愛液が溢れ、ぶちゅ、ぶちゅちゅっ！　と卑猥な水音が止まらない。そこらじゅうに二人の体液の混合液を撒き散らしながら、さらに強く、さらに深くを抉っていく。

「ひあっ！　あぅぅ、はっ、はっ、んんっ！　ジルぅ！　ジルぅぅ！　わたしっ、イッ、イキそう……！　さっきの、またくるぅぅっ！」

王女の腰が持ち上がり、秘裂を捧げたような格好に。より深い一体感を求めて二人はキスを繰り返しながら、その瞬間に向かって一気に駆け上がっていく。

「くっ、アリスティア……っ！」

叫んだジルが膝をベッドの上に乗り上げ、王女にのしかかるような体勢でこれまでにな

い深い突き込み。

「あっ、ひあぁぁぁんんっ！」

額に汗を浮かべたアリスティアもいっぱいに目を見開いてそれを受け止め、抱えられた足をジルの腰に巻きつける。

腰と腰がくっつくほどに深い挿入に膣肉が喜び、幾重ものザラザラが一斉に蠢いた。

「いっ、あああああっ！　ジルっ、わたしっ、んんっ！　あぁぁ、イクっ、イク……」

埋め込まれたペニスが肉壁の群れにぞろりと舐め上げられ、絞られ、揉み込まれて。ぐっと歯を食いしばっていたジルが大きく息を吸って、そのまま……。

どぷぷぷぷっ！　どぴゅどぴゅ、どぶぶぶっ、どくどくどくどくっ！

ねっとりと濃い、大量の精液が、あっという間に膣内を満たす。

「ひっ、あ……！　こ、これっ、ジルのっ、わたし、っあ、ああああぁぁぁぁっ！」

身体の奥に射精の勢いを感じたアリスティアが、歓喜に細めた瞳から一筋の涙を流し。

射精途中にあるペニスが、ますますぎゅっと締めつけられたと思った瞬間――。

「ひっ！　あ、あぁぁ……イク、っうううううぅぅぅぅぅっ……!!」

より深く、幸せな絶頂に至ったアリスティアの嬌声が、部屋の中に響き渡った。

終章　ショーダウン

カジノは今日も順調だった。

近くに巣くっていた魔物の脅威が消えた、というのも少しは影響があるのかもしれない。

国外からの客はじわじわ増加傾向にあるし、一回り大きなカジノに建て替えても問題ないくらいには順調だ。

ただし、ジルがそのカジノから離れる日は刻々と近づいていた。

結局、勇者装備を賭けたアリスティア王女との勝負には一度も勝てなかった。

（もう、ここにいる理由はなくなったもんな……）

けれど、すでに装備品一式はジルの手元にある。

もう勝負をする必要はなく、ジルとソフィーの給金から天引きしてためたお金で借金も問題なく返済した。

ここ数日は、カジノを他の者に任せるための引継業務をしている。

つまりこれが終わったら、勇者として魔王復活に備えた旅に戻らなければならないのだ。

「別にそれが不満なわけじゃないけど」

ちょうど書類整理の仕事を終えて独り言を呟いたジルが、なにげなくテーブルの引き出しを開ける。そこにしまってあるのは愛用のサイコロやカードの束。

やっぱり心残りだ。

(勝てないにしても、せめてもう一回くらい勝負してみたかったな……)

勇者装備が欲しくて始めたこの勝負だったけれど、もう勝負する必要がなくなってまったと思うと、これはこれで寂しいものがある。

いや、そんなこと抜きにしても。

(アリスティアとはもっと勝負してみたかったな……)

使い道が限られる幸運の能力――。

これまでの勝負は、その勇者の力に邪魔されていたとも考えることができる。

だからそんなこと関係なしに、なんの気負いもない勝負でもう一度アリスティアと戦ってみたかった。

(たぶんいい勝負になるんじゃないかな……俺だってそれなりに強くなったつもりだし)

いつも偉そうな笑顔のアリスティアの顔が思い出される。

王宮でパーティーがあったあの日以来、彼女とは会っていない。むしろ避けられている気もする。たぶん、未練が出てしまうから会いたくないのだと思う。

(俺だって同じだし……)

自分を慕ってくれるアリスティアのことが気にならないわけがないけれど、だからとい